U0631756

爱山庐梦影

凌叔华 著

天津出版传媒集团

天津人民出版社

图书在版编目(CIP)数据

爱山庐梦影 / 凌叔华著. -- 天津：天津人民出版
社, 2016.8(2019.7 重印)
　(凌叔华文集)
　ISBN 978-7-201-09932-3

　Ⅰ.①爱… Ⅱ.①凌… Ⅲ.①散文集–中国–现代
Ⅳ.①I266

中国版本图书馆 CIP 数据核字(2015)第 259074 号

爱山庐梦影
AISHANLUMENGYING

出　　版	天津人民出版社	
出 版 人	刘　庆	
地　　址	天津市和平区西康路 35 号康岳大厦	
邮政编码	300051	
邮购电话	(022)23332469	
网　　址	http://www.tjrmcbs.com	
电子信箱	tjrmcbs@126.com	

责任编辑	范　园	
装帧设计	汤　磊	
责任校对	曹爱欣	

印　　刷	三河市华润印刷有限公司	
经　　销	新华书店	
开　　本	787 毫米×1092 毫米　1/32	
印　　张	6.625	
字　　数	100 千字	
版次印次	2016 年 8 月第 1 版　2019 年 7 月第 2 次印刷	
定　　价	37.00 元	

《爱山庐梦影》自序

　　这本薄薄小书是我在来南洋后收集的一件纪念品。这里面描写了我近三四年的生活与思想——当然也充溢着我对云南园留恋的情绪。最使我欣幸的是在短短三四年中，我不但得以重温我"爱山"的旧梦，同时还遇到几位对人生对文艺工作有同样见识的真朋友。当《爱山庐梦影》出来的一天，一个我敬佩的朋友见了面第一句话即说"今天的文章，真是 Master Piece"，我感动得差一点流出眼泪来。因为住在西方十多年，好久没有人读我的中文作品了。过了两三天，另一位我佩服的老作家也特别写信来说，"自南以后，尚未见过这样好文章……"同时一位女朋友也同我说，"过几天要带

1

一个朋友的孩子来看你,他现在中学读书,最近你发表的文章,他都背得过来了。"青年朋友都能这样,这使我多么感动啊。

没有一个作家真的想写了文章,就把它"藏之名山"的,就是 Charles Lamb 那种孤僻的人,也要他的妹妹读他的文章,所以我以上的描述,也是很坦白地说明我有了欣赏我工作的人,我方能有勇气继续写下去。有没有销路,还是其次的问题。我也愿借此奉劝批评家或阅卷先生,对于新出的嫩芽,手下要"留情"方好。

因为几个我敬佩的同道朋友的鼓励与劝说,我觉得出一本散文集作为来星马的纪念也是很有意义的工作。这多少带点"有花堪折直须折,莫待无花空折枝"的意义吧?过了一个月后,我又住到大西洋那边,在文艺生活上,我得忍受极度的寂寥,纵使我能写出李杜诗篇、班马文章,也没有人要看一眼啊!

不过,我所敬佩的朋友们的温厚友情将随爱山庐的山色与鸟声,时时会滋润一个寂寞旅人的心胸。这一点我知道得很清楚,写在这本书的前页,以为他日重逢的心期吧!

凌叔华 一九六〇年二月于爱山庐

目　录

快来扫我,加入读者群

1.编辑分享凌叔华的生平与创作故事

2.参加"古韵何来——寻找凌叔华"读书打卡活动

3.加入读者群,与书友交流互动

目　录

凌叔华的画簿

竹

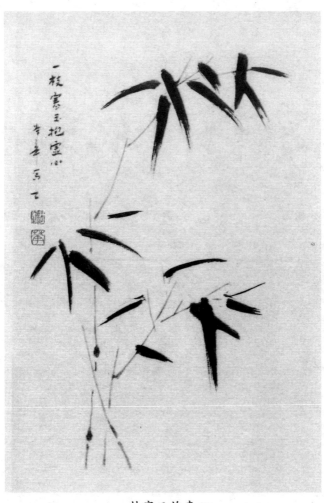

一枝寒玉抱壶心

3

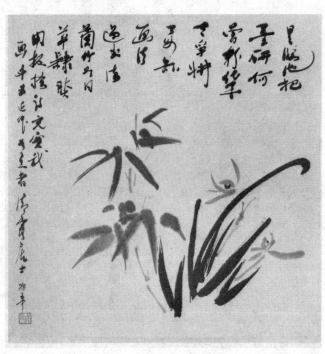

兰竹

竹石图

兰

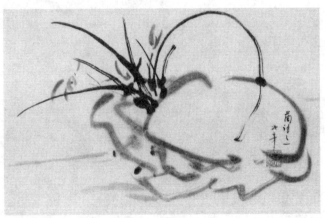

兰草

春深

东篱倩影

作于一九五四年

初秋

一九五四年秋十月独游

国画　山水

四川嘉定(乐山)

秋晨

三峡清晨,作于一九四五年,现藏美国全国艺术协会

一九三四年得元人荒草意境而画

秋水秋花入画图

爱山庐梦影

　　"不识年来梦,如何只近山。"一次无意中读到石涛这两句诗,久久未能去怀,大约也因为这正是我心中常想到的诗句,又似乎是大自然给我的一个启示。近来我常在雨后、日出或黄昏前后,默默地对着山坐,什么"晦明风雨"的变化,已经不是我要看的了。我对着山的心情,很像对着一个知己的朋友一样,用不着说话,也用不着察言观色,我已感到很满足了;况且一片青翠,如梦一般浮现在眼前,更会使人神怡意远了。不知这种意境算得参"画禅"不!在这对山的顷刻间,我只觉得用不着想,亦用不着看,一切都超乎形态语言之外,在静默中人与

19

自然不分,像一方莹洁白玉,像一首诗。

　　不知为什么,我从小就爱山;也不知是何因缘,在我生命历程中,凡我住过的地方,几乎都有山。有一次旅行住客栈,忽然发现看不见山,心中便忽忽如有所失,出来进去,没有劲儿,似乎不该来一样。

　　在我记忆里,最早看到山的,该是北京的西山吧。记得我五六岁时住的房子有个后园,那里有个假山,山上有个茅亭,上边似乎有个匾,字题什么"山亭"(或者还有一二个字,但因我那时认字很少,也就不会记得了)。亭里似乎长满了野草,平日也没有人去,我是因为上去采狗尾草做玩意儿,时时上去。有一次蹲下来采了一大把草,站起来时忽然看见了对面绵延不绝的西山。北方的山本是岩石多,树木少,所以轮廓显得十分峻峭潇洒。山腰缠着层层的乳白色的云雾,更把山衬托出来了。过了一会儿,太阳下山了,有些山头的岩石似乎镀了金一般,配着由青变紫、由绿变蓝的群山,此时都浸在霞光中,这高高低低的西山,忽然变成透明体,是一座紫晶屏风。

　　我不知在假山上待了多久。直到天黑了,女佣人来喊我去吃饭,我还呆呆地不肯去,却被她拉了回去。她对母亲说我一定冲犯了后园里刺猬精或什么精怪,她要为

20

我烧香祈求。我本来并无目的要上那假山眺望的，更不会解释了。

不久之后，母亲因要回广东，把孩子全数带去了。去看过外婆，我们便住在黄埔附近一处濒海的祖屋，那也有两三个月吧。祖屋门外不远，便是一个沙滩，滩上本有两三只无主的破旧木船，我们到后，它们便成了孩子们的乐园了。除了刮大风下大雨，我们无时不在那里玩耍的。这个沙滩听说从前是一个小港口，繁荣时代曾有货船游艇停泊，但在一次大暴风雨之后，有三只船吹上了沙滩，海湾忽然变成很浅，船也不进来了。那些破木船搁在岸上，村中的人，谁也不知是在什么年代。有只船里都生了比人高的野树，想来只有对面的青山知道吧。说到对面的青山，更加使我怀念那逝去的童年了。

那时附近的几家孩子，常在沙滩上玩捉迷藏。记得有一次我藏在一块船板底下，大家没找到我，等了好久我便睡着了。醒来时，觉得凉阴阴的，身上衣服也有点湿漉漉的，不知是潮水来过，或是下过一阵雨。我懒懒地仍旧躺在船板上，偶然望到对面绿油油的山头，被云雾遮住了，山腰的朵朵白云，很快地飞来飞去，像北京小孩子溜冰一样。我望着，心里着实羡慕，很想参加他们的游戏,但不一会儿,又阖眼睡着了。

忽然耳畔听到邻居四婆的叫唤才醒了。她要我立刻回家,我不肯。她问我缘故,我就把看到的小孩子驾着朵朵飞云告诉她。她大为吃惊立即拉着我跑回家去。她跟母亲说对山的齐天大圣对我显了灵了,她得带我去对面山上他的庙烧香,并挂名作他徒弟。这样不但可以消灾,还有齐天大圣保佑。母亲立刻就答应了。为了感激四婆的好意,她特意买了一篮水果,央求四婆次日带我去上庙磕头认师傅。到了那庙我发现所谓齐天大圣神像,原来是一只金脸大猴子,身上披着金黄的缎袍子,香案上挂了成百成千徒弟的名单。我恭恭敬敬地给那金脸偶像磕了三个头,然后庙祝就在我额上画了一道朱砂符咒。他告诉我说有了道符,以后什么山神鬼怪,见了我都要另眼相看,因为齐天大圣神通广大,他们不但不敢同他斗法,见了他的徒弟都得客气呢!

可是,我至今还不解:为什么我那时看见的青山高得很,常有白云朵朵缀着,过了二十年,我再去的时候,非但一朵云彩也没有,连那山,也变成一座平平无奇的矮山了。是不是因为我额头上的符咒已经无灵了呢?那个老庙祝想来早已经作古了吧?我不禁又悠然想起

Saint Fustache 在两只麋鹿角中间，忽然看到幻境，那种喜悦，想来同我那时差不多吧？

我常自问我一生最值得夸耀的事，恐怕算是我比我的许多朋友逛的山多，住近山的年数也比他们多吧。我曾漫游或住过许多名山或不知名的大小山。在中国五岳中我到过四岳和匡庐、峨眉以及南北高峰及大小三峡；在日本游过富士、日光及京都的岚山；在欧洲的意大利西班牙，也去过不少古迹的大山。在瑞士，山头带雪的山以及少女峰；在英格兰湖区的山及苏格兰的高山，这些地方我都流连赏玩过。有不少的山，我且揣摸下它们的色泽形象。当风雨长夜，它们会来慰问我的寂寥；我呢，常常焚几炷香，泡一壶清茗，静静地享受"风雨故人来"之乐。

我常想对山水最富情感与理想的民族，中国人恐怕可算首屈一指了。我们都是从孩提时就受过爱山水的训练。许多中国孩子很小就读过"空山不见人，但闻人语响"或"白日依山尽，黄河入海流"的。我们的诗人高士，却是"少无适俗韵，性本爱丘山"的。如果用近来的统计方法去算古今诗集里关于山水的诗句，恐怕字数可过千万吧。陆放翁因为自己爱山，又怕人不懂得看山，便指出一个有趣的看法说"看山只合倒骑驴"。辛弃疾也因为自己嗜好山水，却怕年轻人像自己那样失掉欣赏山水的机会，他所以写"只因买得青山好，却恨归来白发多。"这两句词却不知曾害得多少暮年诗人落泪。

我时常想起，当我初学山水画时，我的老师(王竹林师，专画山水兰竹)再三说过："你学画山水，第一得懂得山水的性情脾气，等到你懂得它的性情脾气到了家，你就会猜到了什么时候它要笑，什么时候它发愁，什么时候它打扮起来，什么时候它像是生气，什么时候它会假装正经不理人。到你真的懂得山的脾气，你就会下笔潇洒自然了。就算是画的不照古人画法，你也可以自成一家的。"在那时我只有七八岁，我只觉得他说得"好玩"，却未想到这原是中国画的高超微妙道理。这在我单纯洁白的灵府，永远留下一个神的启示。等到我成长后，我才发现这些意思是古代中国画的大师曾说过的。

后来竹林师南去，我从另一专攻山水的女师郝漱玉学画，她似乎是怀才不遇，学问很不错，唯终日郁郁寡欢。她训徒极认真，每天要我至少画两幅山水经她改。有一回我说："我看到过的山水全都画完了，怎办呢？"

她答得很好："哪里会画得完……"她的话不光是帮

助我作画，还助成我的爱山癖，这一点倒很值得一提呢。十几年前我住在匡庐，每日在外寻幽探胜，一次竟找到五老峰，当我仰瞻俯视那神奇的峰峦丘壑时，悠然记起她的话，我感动得像一个教徒到了圣地地流出眼泪来。她的话在我近年才发现正同宋郭熙的《林泉高致》里所说的差不多。我想此刻应录出郭熙的话，会比较清楚一些吧。

　　山近看如此，远数里看又如此(想是如彼之误)，远数十里又如此，每远每异，所谓山形步步移也。山正面如此，侧面又如此(此处如此仍是如彼之意)，背面又如此，每看每异，所谓山形面面看也。如此是一山而兼数十百山之形状，可得尽悉乎？山春秋看如此；秋冬看，又如此，所谓四时之景不同也。山，朝看如此；暮看，又如此；阳晴看又如此；所谓朝暮之变化不同也。如此是一山而兼数十百山之意态，可得不究乎？

中国诗人对山真是多情，他们不论在哪种心境，都会联想到山。想到他的爱人，也会想到一抹淡淡的远山，别离时吟出"带汝眉峰江上看"令人意销之句。姜白石的"江上数峰清苦,商略黄昏雨",我们会意味着《水仙曲》的潇洒缥缈的意境。

山峰本来只是靠形象来显示它的姿致,音乐也是一种纯粹形式的艺术,它靠一种抑扬顿挫开合承转的关系,使听者传出情感来。中国诗人竟能借山峰形色来传示音乐的感情。千百年来,不知有多少人曾经心折以下两句诗:"曲终人不见,江上数峰青。"由数峰青给予我们内心的意象使我们意味到那曲子的乐声,因而联想到弄乐的人。而江上数峰青青的,却陪伴着一个寂静的心。借用山峰,能说明一种微妙的意境,我们真是想不到吧?

除了北京的西山,与我相依最久的,要算湖北的珞珈山了。在日寇将侵入武汉时,我们急要离开住过三年的珞珈山,山坡上手植的两株紫白木笔,在别离前几天,竟开了好多朵花,那时正是六月,谁能不说这是奇迹呢?谁能不相信这是珞珈山多情的表示呢?我那时真体验到李后主悲凉的词句"记得仓皇辞庙日……挥泪对宫娥"了。战后我回到旧居,书房前的三几株梧桐,已高过楼顶;山坡上数百株小松,也高过人;起居室前的蔷薇,也极茂盛,只是园中的两株木笔已寻不到了。我独自立在空屋前凭吊好久，这是与"短歌终，明月缺"一样无可奈何的了。

在抗战时，我们随武大迁校乐山，因为武大教授临时住宅筑在万佛寺山上，面临岷江，正对着苏东坡读书居所的凌云寺。这一带的江声山色，就是乐山人所自豪的"桂林山水甲天下，嘉州山水甲桂林"的根据。据传说，这也就是古来所称的"小三峡"，也是"思君不见下渝州"的地方。不少大诗人（黄山谷手迹甚多）到过峨眉与嘉州。在对面的山里，还有两三个汉墓，由那里面浮雕的山川人物，我们还可窥见当年《华阳国志》所描写的盛况。

到乐山的第二年，日寇仍未有退意，我就卖掉带去逃难的衣物，找到一个相识的泥水匠的头儿，买些川中特异的木材砖瓦，盖了一座小楼，与对岸山上的凌云寺遥遥相望。那时日寇正由粤北上，敌机时时飞来，我每日坐在小楼上对着入画的山川，悠然地看书作画，有时竟还写诗自娱。有一次写了一首七绝，苏雪林看到，她极为称赏这两句"浩劫余生草木亲，看山终日不忧贫"。那时川中物价节节高涨，敌人近境，人心惶惶，大有不可终日之势。幸我终日看山，心境坦然不为所扰。我至今还感激那多情的山水，在难中始终殷勤相伴。

不知为什么,欧洲的山,在我印象中,殊为漠漠。我虽羡慕过瑞士少女峰近旁的高山,留恋过翡冷翠的平山,但相别后,从来没有再梦见。英格兰湖区诗人那里的山,诗人华兹渥茨的故里的"草海",我也十分流连过。记得我最后去的一次正在深秋,各山都被丹黄秋树装点,清澈的湖水,被蔚蓝的天空衬托着。我背了画囊,行吟其中,有如仙境。当时我真的决定把伦敦的寓所租出去买一间小房在"草海"村享受一两年清福,可是我回到伦敦后,这计划便也烟消云散了。

　　同样,在苏格兰的理梦湖的高山漫游时,想到司各脱大诗人的名句,也曾感动得在林下水边生了不少遐想。高山地带的土风舞,在古色古香的城堡里掩映生辉,也曾使我暂时乐而忘返,但是相别后很少再想起来。到底是西方异国情调,没有移植在东方人的心坎上的缘故吧!

　　我在伦敦住了前后近十年,住处一直也是在山地——汉士德区。我的住所距离那著名的汉士德山丘不过几分钟的路,那是伦敦艺术家及文士聚集的区域。大画家 Constable 与 Turner 都画过那些山林。诗人叶滋故居也在那里,他的诗多半在那里写的。但不知何故,我只觉得那里只像北京的"陶然亭"，南京的"雨花台"，除了风流文士或怀古骚人去了又去，普通人，只是去凑热闹而已。春夏二季的周末在汉士德山林间，常有 Fair（集子），许多人开着车带了家人小孩去那里玩上一整天。我生性最怕赶热闹，十年中只陪人去一二次。

平日倒常常到汉士德山林散步。我想最令人留恋的，还是在秋天吧。那里一堆一堆的树林，经了霜，变得红、黄、紫、赭各种颜色，在高高低低的山丘上点缀着。天是格外清朗，可爱得有如意中人的双眸，映着远远的粉白古式屋宇及尖顶若佛塔的教堂。游人三五散落在林间泉畔，意态潇洒，很像一幅画。我摘一把野菊花、两三片经霜的秋叶，走回家去，增加了心中无限诗意。

不知又是何因缘，我住到裕廊山上来了。房子前面有十二扇窗，打开了，即面对着一座青青的山。星洲四时如夏，那青色几时都不会改变，除了在雨中罩上一层薄纱，大有"山色空蒙雨亦奇"的姿态；或是凌晨，日未出时，朝雾掩映，山腰横着一条白练，颇似浮世绘的古画，令人意远；又或月夜，银色光辉，远近弥漫，山海、田野若隐若现。屋前阵阵的草香虫鸣，亦颇增加月夜清趣。唯近年每遇佳境，我就格外变得静默，这可算得美学家所说"无言之美"吗？

裕廊山本来是很平凡的山丘，据说在南洋大学筑屋以前，只是一座火成岩石，且生满了无用杂树的山而已。我没有研究附近村庄山林的历史，也不愿用想象来装饰它。我想裕廊虽是一座平平无奇的山，除了杂树野草也无其他宝贵的出产，但是这并不能减少我对它的爱慕。我常想只要它是山，只要它有草木，已足令我心折了。

自从经过第二次世界大战，又亲自耳闻目睹许多因战争而产生的悲惨故事，我不禁从心底厌恶历史这门学问——我恨读那些开国帝王及他的功臣的建国史；我也厌闻所谓文明种族远来开化野蛮部落的丰功伟绩，理由是我在那种辉煌的旗帜底下，只嗅到牺牲者的血腥味儿。我一向对于古迹，尤其是有开化史的古迹，只感到无限的厌恶与憎恨。

我对于这濯濯童山的裕廊，不但没有觉得枯燥，反而倒庆幸它还保存无邪的单纯，这里既嗅不到历史的血腥气味，又听不到庸俗的浮夸。它的稍带洪荒状况的草莽，它的单调粗野的森林，却代表了永恒的素朴。在一个饱经世乱的人看来，这是一部原始诗集，也是一个最符合现代人艺术理想的意境。

我初到裕廊山上住的一个黄昏，山脚下的一个人家，派了四个男女孩子上山来找我。他们最大的是十岁吧，以下相差仅一两岁。这些孩子，衣裤破旧，脚上都没有穿鞋，但他们天真憨态可掬。先是最大的一个女孩对我说：

　　"你是先生？我妈说要你教我们读书。"她随手就把她带来的一把小葱、四条黄瓜摆在桌上，她说："这给你的。"

　　我觉得这些小孩，真有这里山林素朴的风味，便收下那些小葱黄瓜，每人给了一支铅笔和一沓练习本子，叫他们每天黄昏时来认字练字。

　　我住在这山上一霎便两年了，这个大学在两年内增加了上千的学生及逾百的教员，房子也多建筑了几十座。这些乡下孩子很像热带植物一样长得快，去年我离开这里几个月，到伦敦去。回来时看见三个孩子已穿上鞋子，身上衣服也齐齐整整的了。大的女孩一天由城中回来，她居然烫了发，脸上涂着脂粉，脚上竟穿上高跟的皮鞋了。我不禁觉得很奇怪，不迭地看她，她也笑了。过两天，便听说这个女孩子居然去做电影去了。父母不许她去，她便逃走了。

现在山脚下的孩子再不上山了,不知道他们是上了学或有别的缘故,他们家有几条逢人便狂吠的恶犬,保护他们养的几头猪及近百只鸡。我是不敢独自下山到他们家去的,写封信去问一问吧,非但他们不认得我写的字,我向来亦没有问过他们父母的姓名呢。

裕廊山上的十一月早晚有雨。一场夜雨之后,到处流着山泉,淙淙潺潺,居然像在匡庐了。爱山庐对面,青山被雨洗过,更显得青翠欲滴。

近几日忽然放晴,天空格外蔚蓝高远,令人不禁怀想到北京的秋日。这时正是大家上西山看红叶,或要去陶然亭看苇花的季节了。街上到处有各色菊花摆出来卖,果摊上有红的柿子枣子、白的鸭梨秋梨了。

寓前阶畔新的栀子花,早上开了两朵,它的芬芳,令人想念江南。坡上的相思花开,尤其令我忆念祖国的桂花飘香,若不是对山的山光岚影依依相伴,我会掉在梦之谷里,醒不过来的。

这时山下的鸟声忽起,它们忽远忽近地呼唤着,这清脆熟悉的声音,使我记起五个月前在伦敦的一夜,在我半醒半梦中,分明听见的一样。

这些鸟声,是山喜鹊、鹧鸪和唤雨的鸠、飞天的云雀吧,除了在梦中,严寒的伦敦,它们是不会飞去。

想到这一点,我更觉得对面的山谷对我的多情了。

一九五八年十一月　云南园

记我所知道的槟城

　　我一向都认为："人杰地灵"也好，"地灵人杰"也好，我们人类，也同植物一样，是与土地永结不解缘的。新近我在槟城小住，觉得"山川灵气所钟"，实有至理，虽是移植过来的植物，也一样为灵气所润泽。以下所记，观察或嫌未足，但是一个诚实的印象，还是值得写下来的。

　　我知道槟城这个名字，还是因为辜鸿铭曾经告诉我他生在南洋的槟城，这可是多年前的事了。以后听人讲到槟城，我就想起那个二十世纪初期的奇才兼学者，他不但精通六七国语言文字(中、英、德、法、日、梵、马来)，能说能写一样的流利,对于东西文学哲学政治研究的渊博透彻,也是前无古人可与颉颃的。远在三十多年前,他住在北京东城一座寒素的四合院房子里,每日不知有多少国际名流学者亲造他的"寒舍"(辜说这是炉火不温之谓),听他讽刺讥笑,若不服气,与他辩论,大都逼得面红耳赤,还得赔笑拉手,尽礼而逃。否则那拖着小辫子的老书生绝不肯饶,尤其是对客从西方来的。他的雄辩,势如雨后江河,滔滔流不绝的;若无法截住,它会毫不留情地决堤溃岸,当之者不遭灭顶不得解脱。英国大文豪毛根、日本的芥川龙之介都曾尝过此味。

"这个怪人,谁能跟他比呢!他大概是没出娘胎,就读了书的,他开口老庄孔孟,闭口歌德、福尔泰、阿诺德、罗斯金,没有一件事,他不能引上他们一打的句子来驳你,别瞧那小脑袋,装的书比大英博物院的图书馆还多几册吧。"我曾听一个父执说他听见几个西方学者说过类乎这样的话。难怪那时北京有人说:"庚子赔款以后,若没有一个辜鸿铭支撑国家门面,西方人会把中国人看成连鼻子都不会有的!"

辜鸿铭是我父亲一个老朋友。他那时住在我们家对面一条小街叫椿树胡同的。每隔一两天他就同庆宽伯

(即收藏七百丁敬身石印的松月居士)，或梁松生伯来我们家聊天吃饭，常到夜深才走。他们谈的话真是广泛，上下古今中外，海阔天空没个完。庆宽伯曾任前清内务府总管三四十年，无论讲到什么，他都可以原原本本、头头是道地讲一大篇。他的收藏也是无所不有，我最喜欢他养的白孔雀及北京小狗，常央求父亲带我去他家。梁松生伯曾经驻节海外多年，他住过的国家，最冷的是俄国，最热的是印度。他口才不若辜伯流利，但是大家争论起来，只须梁伯冷冷地说一句话，辜伯就偃旗息鼓地静下来了。

有一回辜伯不知因为梁伯说了他什么话，他与梁伯同来，未等坐下，即把手中的一本英文书递与我的堂兄，他说："我要你听听我背的出《失乐园》背不出。梁伯说我吹牛。孔夫子说过'当仁不让'，讲到学问，我是主张一分一厘都不该让的。"

说完，他就滔滔不绝地背，我挨着堂兄指着的行看（我的英文那时只认得字母），他真的把上千行的弥尔顿的《失乐园》完全背诵出来。一字没有错。这时他的眼像猫儿眼宝石那样闪耀光彩，望着他，使人佩服得要给他磕一个头。后来似乎他还要背别的书，去堵松生伯的嘴，父亲连忙说好说歹，把话题转移他的阵线方罢。

那时我根本搞不清楚什么是亚洲，什么是欧洲，更不知道还有中东远东了。我有一本《天方夜谭》译本，很喜欢那里的故事，就拉着辜伯问他讲些那地方的故事，我想他一定去过的。辜说没有去过，我就说：

"辜伯伯，我知道你什么国都去过，你想瞒我可不成。"

"我若生在《天方夜谭》那个世界就好了！"辜伯叹口长气，"我可以给他们讲上三千个中国故事呢。"他转头向父亲说，"我正想刻一个图章，同康长素(即康有为)的周游三十国比一比，看谁的棒(了不得之意)！我要印上我一生的履历，像：生在南洋，学在西洋，婚在东洋，仕在北洋，你看好不好？"①

他一面说一面拿桌上的笔写下来。

我问他哪里是南洋，他告诉我，他是生在南洋的槟榔屿，"那是出产槟榔的小岛，可是有高山，有大海，风景好得很呢。"

过了些时，我读了英文，他对父亲说："学英文最好像英国人教孩子一样地学，他们从小都学会背诵儿歌，

----

① 康有为曾将他的"曾游三十国"的图章，常印在他的字幅上。辜之原配是日本人。——凌叔华注

稍大一点就教背诗背《圣经》，像中国人教孩子背'四书五经'一样。"

他叫我次日到他家，他要找书教我背。我没有书，他就从他尘封的书架中掏出几本诗集来，第一天就教我背两首。我对背书，向来很快，也许是我们家塾先生训练过我，得了一点背书经验，不一会儿我就会背那两首诗了。辜伯很高兴，叫我把书拿回家，又教我读了三首，要我下次来背。可惜他那里天天有客来访，来的客又常不肯走，我只好耐烦等候。那短短的一年，对我学英文的基础确放了几块扎实的石头；学诗，也多少给我一点健康的启蒙。

也是那时候，梁伯告诉我们辜伯早年曾与世界文豪托尔斯泰通信讨论东西文化，托氏回过他好几封长信，那是很难得的；可惜我那时的英文太浅年纪太幼，信是看见了，一点不懂！

辜伯因我的请求也给我看那个俄国沙皇因他做通译员做得好，格外赏赐他的一个自用的镶宝石的金表。这两件事都是不世的遭遇，都聚集在辜伯一人，在中国那时，只有他一人有此光荣吧。我是多么后悔当初不懂得读那些信，似乎他的家人也不会珍视这些名贵的遗产,听说他归道山后,家中书物也随子女妻妾四散了!

我到槟城前后,曾打听过一些朋友辜鸿铭出生的地方,想去吊望一下,只是没有人能告诉我。这时我方知道他在槟城的声望,远不如北京;在中国人方面,远不如在西方人方面的隆重(槟城散记记载辜的文,也微嫌不详)。

想到这绝代的学者(虽留下几本著作),竟而无声无息与草木同腐了,心下未免怆然,但想起他说的"槟城,有高山,有大海,风景好得很呢",清清楚楚的一如昨日,我忽然渴望一游槟城。

真的,"槟城风景好得很呢",一点儿不错。我起先以为只是一二处有山有海的地方值得流连赏玩,既是岛屿,就不会有多少处有不同的风景了吧?哪知住上十天八天,每日出外写生,每日有新的风景可画。后来我忽然悟过他说的话:原来处处无景,那正才是真好得很的风景呢。

我乘火车到达槟城车站时,已是下午五时半,当即换了轮渡过槟城去。

呵,山是那么高,水是那么阔,在落霞艳洇的海上,远远近近的还有那三三五五轻如一叶的扁舟——舟上的人，是渔夫呢？是游客呢？他们都是那么恬逸自然。这些风光却又似曾相识地引动旅人情思。这不是青岛的海上吗？那青黛的山峰不是南高峰吗？这绿醅一样的水不是西子湖的一样醉人吗？

另一面望去是远远一抹斜阳笼罩着万顷烟波，水天之间，空明漾荡，紫色，灰色，金色，揉成一片片。海上错落地点缀着大大小小几个岛屿，浮着两三只三板渡船，却又令人认作岷江夕照的风光了。

我如梦如醉地恋着眼底风光，忽然想起我是一个离开故国已经十多年的游子了。浮云总在蔽白日，我几时可以归去呢？

想到这里，益加珍惜眼底风光了。眼中不觉湿起来，船正在此时已停泊了。在人群中遥见大地先生带了两位南大同学在等候。他们带我去先看清泉先生——他是槟城艺术协会的会长（本人是接骨名医），因他曾约我到槟开一画展，此时却因老病复犯，好几日未下楼了。

因我早已来信托他们代定一可以看到山海而远城市喧哗的住处，所以他们代我定了郊外的怡园。我们见过清泉先生即开车到丹绒武雅去。

槟城不愧为东方花园，除两三条繁盛市街外，余者均广植树木;大路旁的人家,差不多俱有个小花园;还有不少人家都有花木之盛。有几条公路,两旁均植有一二人抱的古木,上面绿阴如帐幕那样遮着行人——车在下面驶过,令我想到巴黎市外的名胜区芳吞勃庐一样洽逸。路上汽车不多,车悠然地开着,脚踏车不少,大都年轻学生骑着,这里中学生多着制服,他们的样式与颜色多用幽静色调,衬着健康的面色与体格,又令我想到伦敦的郊外所见。

红毛路上,有不少具有草地花木之美的西式住宅,那样式就有很多维多利亚式或爱德华登式的,不是吗?那些有宽宽的走廊的白石夏屋,高踞在碧茸茸的草地上,岂不也像牛津或剑桥两所大学城的住宅区一样?此外花木的修整宜人,门窗帘幕的幽静,处处引人遐思。路过普提中学及槟华女校,校舍规模俱甚宏伟,听说为华人所办。战后华人因树胶市情好转,金融有起色,他们就集中在捐资兴学,这种慷慨输将,其实是最明智之举,"十年树木,百年树人",他们从此可以望见槟城光明的未来了。世上还有什么比希望更可宝贵吗?槟城的学校,除了若干处为英人所办外,余皆为华人创办,城中巫印人皆少,路上行人多半为华人。华人为了自己的下一代,实在也做了很聪明的工作。他们自己知道是因学识不够,所以"吃尽苦中苦",但他们都愿望他们的子孙"为人上人"的。光凭这一点说,这打算也是真合理化的。

怡园在丹绒武雅一个山坡上,距离华人或西人游泳池均不甚远。这原是一座旧的西式大洋房改作为酒店的。

它的花园其实不大,但因依山筑屋,竟分出三四层山地,每层加上花木棚架相隔成为雅座。入夜华灯放明,由播音机送音乐,客人杂坐在灯影花香中,望着如梦的暮海,是多么理想!白衣侍者捧着一盘盘热腾腾的菜肴送上来,客人要香槟要白兰地也应有尽有,真的洽逸了。在饭前,考究酒的人,还坐到酒吧前,喝一轮开胃酒,马天尼也好,老花样的雉尾酒也好,酒吧有一位师傅特别学过做酒的。不喝酒的客人就静静地坐下来谈天等汤喝。汤的种类也多,这据说是海南菜的优越点。

我入室冲凉后,下楼来享受花园夜景风味,同时也会见酒店的几位主人,其中一位就是黎博文先生——他是怡园经理之一,年轻时曾在上海暨大读过书,回槟已卅年了。在三十年里,他没有离开过教育岗位,他的桃李今日已散布星马各城市,很多都开花结果了,但他还是精神饱满,毫无衰老现象,对什么事都感到兴趣。与大地先生讲笑话时,竟还像初中学生一样"当仁不让,旗鼓相当"地认真。据说他也是被槟城的年轻教员及学生爱戴,三十年有如一日。我永远相信健康与愉快的精神是一切有成就人所同有,黎先生是一个好例子。

大地先生早就是星马闻名的书法家,据说他在战时只带了几支毛笔到南洋来。但他居然前后捐了不少钱给华人学校,他把各体书法义卖多少次,得款捐资兴学,同时也为中华文化做了宣传工作。槟城市上有不少文质彬彬的招牌比之新加坡高尚雅观多了,就是很小一间文具店,他们也巴巴地求大地先生写个正经招牌,刻在木板上,涂了金漆或朱漆。既富丽又堂皇,其实所费不多云云。

记得在七八年前大地先生又带了他的笔,提着大皮箱到了英国 Southampton 登陆,海关检查员,以为很重的一大箱子必定可以抽不少关税,立刻聚集了关员检查,谁知打开箱后发现一轴轴的墨笔字,他们横着看,竖着瞧也看不出所以然来。大地先生的英文那时也还不会说上几字,先是相视而笑。后来找一个码头上唐人来作通译,那个唐人也对答不出什么,只说是挂在墙上看的字,他们又问为甚么要看呢?那唐人也答不出,末了还是个大学生样的青年参加解了围。他说:"我懂得这是抽象派的画,中国很古的艺术。"这批关员才觉满意,盖上箱子苦笑着走了。

大地先生纸笔之外无长物,居然也在伦敦住下来近三个年头,开了三次展览会,后来又到巴黎住了两三个月,开了一次书法展览,他的大字对联卖掉一些,一个法国艺术家竟肯出到一百美金买他一个四五尺见方的大寿字,后来因为画廊主人太过固执,非照原价不售,所以还留下来了,否则这一个大寿字,也许被那个艺术家夹着环游世界为中国书法留一佳话了。那次书展,为巴黎有史以来第一次,开幕之日,参观的人挤满画廊,挂的画倒没有人要看,我们都叹息说可惜不能请英国的查关员来看看这个盛况,他没有看见法国人欣赏新艺术的情形,他们永远不会明白为什么要挂字条在墙上呢(英国人是一向迷信法国艺术见解的)!

在伦敦展览书法那天,伦敦一家大报 *News Chronicle* 照了大地先生蹲在地上作书的相片,上写"这位可佩服的小个儿的学者,是远渡重洋地来宣传中国古文化的"。一些曾经到过中国的英国人,都往中国协会来欣赏书法,他们当然也不懂得书法,有些连书法名字都没听过,可是他们都在展览会中恋恋不舍得走,一位在中国做过三十年护士长的女士望着字条向我说:"这好像真的回到中国了啊!我真舍不得离开南京的医院。"

会场中还有不少脉脉含情不舍得走开、曾经到过中国的英国老绅士,这镜头也着实感动人。

大地先生在英时差不多每日到大英博物院去看珍奇的中国古物:一半原因是研究,另一半原因直到南洋后方始明白,他原来也同那位在中国医院服务三十年的护士一样,南洋就没有大英博物院那些中国珍宝。

我想大地先生第二故乡也已决定了是槟城吧?在槟城街上,假如认识他的字的人留心看,在五步或十步之内,必定会发现他写的横匾招牌或对联。大的四五尺一字,小的蝇头小楷亦有。他是有请必写,墨宝随人方便,故大的如树胶公会请他写的四尺见方的,小的一寸他也不拒绝,他是一个"以字会友"的人,他的朋友就特别多。只几年间,在槟城他已成了"无人不识君"的城中人物了。

原载一九六〇年三月新加坡星洲世界书局有限公司凌叔华散文集《爱山庐梦影》

45

重游日本记

一

自从来到新加坡后,遇到假期,我就想去日本看看,可是每次想起了维理先生 A.Waley 的话,我便提不起劲儿来。

维理先生是现代最了不起的译手,他翻译了中日文学名著近百本,不但具有信、达、雅三个条件,同时还不失原作的文学风趣。他四十年如一日的工作,没有间断过,真令人钦佩。六七年前,剑桥大学为了他这种沟通东西文化的成就及贡献,特地赠送一个文学博士学位给他;由此也可见维理先生怎样为士林所推重了。

我在伦敦第一次看见他就问道:

"你在哪一年去中国的呢?"

"我没有去过啊。"他答。

"将来一定要去看看吧?"我想他认识中国文字既如此透彻,一定也想看看地方了。

"将来啊,也不想去。"出我意料之外地,他迟迟地说道:"我怕我去了之后,我的幻想要失掉的,你明白我的意思吧?"他清癯的脸上,露出无可奈何的苦笑,我总忘记不了他那样的笑容。

在童年,我曾到日本住过两年,那时的印象完全充满童话式的天真美梦。大学毕业后,又去过近两年,那是日本全盛时代,处处有条不紊,确是一个山川秀丽国泰民丰的强国。自从"皇军"进侵中国本土,日本国势日蚀,渐有捉襟见肘之势,而蓬莱三岛的风光也就在世界人士的心里消褪了颜色。

第二次世界大战结束以后,日本举国咬紧牙根苦干,不到五六年就赢得不少有心人的同情,尤其是近年它在各国举行大规模的艺术展览,包括绘画、戏剧及工艺品,在艺术上特有的东方幽静风格,象征着和平,好像给血气方刚的西方人服一剂清凉散。以前本来欢喜东方艺术的人,不免都发生"爱屋及乌"之感。中国人呢,本来是不记旧恶的民族, 近年已渐渐地恢复了 "本是同根生"的情感,在我们的朋友里已有不少人称道日本,且要去看看的。

今年年假开始时, 我找到一个很堂皇的理由——读万卷书,行万里路,本是学人的梦想,日本这个角落,早晚也该去一去的。

一切旅行手续办妥后, 我乘了直达横滨的 "舟山船",前后共九日(中间在香港停了两日)便到了。

船泊横滨时,海关及外事官等都上船来查问。办公地方在头等客厅。

平常船到一处,黄头发高鼻子的人,都是优先地走去"过关"。这一次先轮到黑头发矮鼻子的了。

"你说国语吗?"我走到"过关"桌前,听见有人用纯粹北京话问道。我点了点头。

"你会说国语就不必讲外国话了。"我不大明白他所指的"外国话"是否包括日本话?但我看得清楚那是座上的外事官开口说的。 不过我究竟还是高兴他这样说话法,国际间的虚荣心谁也不能免的。从此也知道日本是多么懂得人的"心理"。

二

东京住的两家朋友居然很早就到码头来等我。我本预备乘火车到东京去的,他们乘了自己的汽车来,我就搭上了,一小时后就进入东京市区。

横滨本来是一个毫无可看的大商埠,又值冬末,树木枯败尘封,街市战后还没有恢复修整,仍显得很寒碜。

"你看,那就是日本新造的铁塔。"我的一位朋友说——"这是日本仿巴黎的铁塔做的,据说要比巴黎的高几丈。"

我抬头望那浅灰色上面涂有鲜红色横条的铁塔,伶伶俜俜地鹤立在矮矮稠密的西式房屋上,近处是一堆又黄又绿的树。不知为什么,它比起巴黎铁塔来,总觉得矮小许多。巴黎铁塔的气派巍峨,高耸在绿树之上,且距美丽的赛纳河很近,是不是因为那缘故呢?我就不懂为什么日本一定要模仿巴黎的铁塔再造一个。据说那是用了一大笔钱为了无线电广播电台做的,也同样地卖票使游客上去远眺。从这一件事上,我们可以看到日本战后,仍醉心欧美,一如当年了。光凭日本固有艺术能力,难道它不能别出心裁创造一个与巴黎铁塔不同的东西吗？

在路上我看见大大小小的广告画及标语，上面仍是用种种西洋的译音译名。例如时髦服装的广告就用第娥发神儿(Doir Fashion)的译音，甚至火车饭店也用"亚他逊——贺铁儿"这些译音法，战前很时髦，到现在一仍旧惯，有加无减。

第二日我在议会图书馆前路过，心想这条街怎么很像伦敦呢？后经过政府公署，看了那红砖筑的平平稳稳的维多利亚式的大厦，我简直疑心走到威西敏斯特大街上了。新桥车站巍峨的大门也同滑铁卢火车站没有两样——打听一下，原来那已是一八七二年的建筑物了。

上野公园同海德公园也没有多大差别。不同的是，上野公园的草地，冬日变黄；伦敦得天独厚，公园草地不必洒水，永远是绿的。据说一个美国游客曾经问英国人说他们也要这样的草地，有什么方法。英国人说："在五百多年前就撒了草籽，再经过五百年的风吹雨淋才有今日。"美国人伸了舌头说："真有你的！"我不知道日本人在这场合要说什么！

东京国立博物馆的外表及内里装饰布置，许多地方，令我想到大英博物院及维多利亚和阿尔伯特博物院,唯一不同的是陈列品,英国的是由各大洲搜集来的奇珍瑰宝,日本的是比较小规模收集来的陈列品而已。近年也许因战后国库紧缩,博物馆原来很考究的地板及橱窗均积了灰尘——没有打磨光亮, 显不出当年的威仪了。

别的大建筑物怎样呢？ 在东京的,上至议会,下至地下火车,都像是模仿英国,只有皇宫及神社,是保留日本自己的样子。说来惭愧,我经过皇宫时,情不自禁地叫道:"这些树就是皇宫前的松树林吗？ 我记得不是这样矮小的！ " 我的朋友说日本人非常宝贵这些松树的,他们夸耀说每株松树都具有自己的姿态,且都是合乎艺术条件的。

我仔细观察一下,果然每株松树的姿态都不一样,虬矫不凡是可称得上的。因是冬日,每株树身上还缠着干草御寒。我悄悄地望着灰色石块的宫墙,窄窄的护城河,一道朴素的石桥连过来,面前一大片广场,上面种着各种不凡姿态的、远看却像盆景一样的幽雅松树,心下不免又联想到北京。哦,天安门前的广场,那富丽色彩的宫墙配上白玉石的五道桥及数不完的白玉栏杆,还有那翠琉璃及黄琉璃宝蓝玻璃的屋顶,是多么堂皇富丽的气派啊!不用说规模大小,只论色泽丰富,世上没有别一个京城比得上北京的。想到这里,我不禁为日本叹了一口气。真是"老天生人命不齐……"国也是不齐的。任凭它的人民如何苦干,也拗不过天意!

本来我早就知道一个人童年时期及青年时期的印象,回想起来,常会像一首好诗,无事时他会高踞在想象之宫调兵遣将来美化人生;可是过了三十岁,诗意的幻想便渐渐退避三舍了。在你面前的一切事物,都要变成散文去了。孔夫子说"三十而立,四十而不惑"。人到了中年,总得记住他老人家的话,看什么都不该戴上有色眼镜了。

到东京的第二天清早,我睁开眼便想到这个道理。游历虽然不关什么国家大计,可是在时间和金钱都有限的游客,这算盘是不得不时时打一下的。

是的,我得立刻决定我的游程,方不至白来一趟。

既然我已发现了东京的大建筑物以及近代文化的建设都与欧美大同小异,且内中有过半数的系由西方借来的复本,我这十几年在欧洲已经参观了很多,就不必再花时间去看模仿的东西了。所以朋友提议带我去参观,我都谢绝了。

52

可是，在东京要看什么呢？我不住地问自己。最后我方决定——只去看欧美没有的东西吧。怎样去呢？

可巧这天大千先生打了电话来，他说接到巴黎来信，方知道我已来东京，约我即刻去他家，会会由纽约来的济远。我喜出望外地即刻就去。

大千与济远都是我向来心折的画中师友。他们三十年前已名满东亚。一个才气横溢，一个谨守成规，他们俱已桃李满天下了，可是他们还株守岗位，孜孜不倦地作画。廿年来济远滞留美国设画院训徒；大千则移家南美，一年一度回到东方来搜集书画。大千为世界美术史开了新的一页，是他的敦煌临摹的佛像壁画使千余年前残缺图画得重新与世界人士相见。在战时重庆曾经开展览一次，当时万人空巷地来参观；三年前在东京，朝日新闻社特为主持展览，观摩者也空前地拥挤。隋唐艺术的富丽雄厚风度，很增加汉族的自信心与威望。

见了大千和济远，我就把我的苦衷同他们讲。他们都同情我的看法。大千诚不愧被称作一代艺人，他对什么都很感兴趣且都能讲得头头是道，一点名士架子都没有，无论什么人都能一见如故。他的声音很洪亮，且无论在哪个角落，他都可以谈笑风生语妙四座。他的夫人，也很秀丽,且极爱重文墨人士。日本女秘书山田女士虽然没有学过中国语言,但她随侍大千三年,此时也居然常替中国朋友作翻译了。

济远卅年前曾到日本住过一年,所以此刻他重来,见什么都是好的。

当天大千的日本朋友杉村先生来了。他出主意说我们该到镰仓看梅花逛庙去。杉村在北京留学十几年,口音虽然还多少保存一点日本腔,但他的说话做事,却完全像一个中国学者了,大家都没把他当作日本人。他在座时大家只管随便说话。他对东京文化事物很熟悉,他对我说:"看过梅花,我来领你去逛神田书铺好吗?"

他说"逛书铺"好像"逛庙"和"逛琉璃厂"一样轻松有味道,这又像是北京的老朋友说的话了。

三

我们大家约了次日在东京车站会齐同去镰仓。

在日本观光团到镰仓都是看看大佛就回来了。我却志不在大佛,这一点我得特别感激杉村先生的。他说:"只走过看一看大佛也够了,不必多费工夫在那种地方。"

镰仓距离东京站只四五十分钟的路程，一下即到。到后来我们走去神社看那个出名的大佛，那是一所没有特别景致可看的纯日本式的庙宇，大佛也显得很平常的样子，比奈良的小多了；本来可以上楼顶看看，我们也买了票要上去，不过发现楼梯太黑了而且梯子太斜，谁也不要上去。我们在佛殿旁买了些纪念物。我买了两串用陶泥作的五色小鬼子，内有小铃摇得响，这是第一次重触到日本童年的玩意儿。

　　我们找到一家料理店吃了一餐很美味的日本饭，有要鳗鱼，有要鲜鱼素席的，也有要鸡饭的，大家坐在料理店楼上，可以喝茶更衣，窗户下望，略有园林之胜。这种吃法，除饭钱之外，要付一笔小账。

　　出了料理店，我们雇了的士直到锦屏山瑞泉寺看梅去。

　　我已经二十几年没有看过梅花了，可是我常常拿起笔来图写它的清标绝俗的风姿，二十年如一日，没有厌腻过。梅花在中国文人心中，像兰竹一般永远有它不同凡响的地位，"吟到梅花韵已幽""几生修得到梅花"的赞美诗句，都深深镂刻于我们胸际。十竹斋梅谱有"物外清标谁得拟，画中姑射卉中仙"，是十分恰当的赞语。

在花卉中,我觉得梅花只论它的色、香、味三者,实已可居众芳之首,若讲它的枝干矫娆不凡,曲直均有姿致,亦为凡花俗卉望尘莫及。

一会儿我们到了瑞泉寺门口,那素朴的山门令人怀念北京西山,入门后,一边为山沟,一边依山筑寺。庙前空地,疏疏落落地种了几十株高约寻丈的红白梅花,树干很粗且显苍老,多半满生碧苔。近处水仙花铺地,兼有细叶竹丛错落的点缀。冬日微温的太阳,照着梅花水仙,散出阵阵幽香。佛殿的屋宇,纯仿唐式,木料均不加粉漆,窗作覆钟式,屋角悬风铃,屋内悬有玻璃灯一,和尚静静地端坐在里面,"禅房花木深",可想知他的享受。

不知为什么,我只觉得我已经到了孤山或罗浮了。其实这两处我都无缘去过;一会儿我又觉得我身在西山的闭魔崖和海棠沟了。这山的周围及庙内的禅房倒很像西山的。

"在后面还有红梅啊!"大千叫道。他摘了一枝红梅要他夫人插在他的"东坡帽"上。济远在一株老梅树下,默默地作全寺写生。

我随大家走过红梅花林,登石级上当年梦窗和尚坐禅的洞,在洞前眺望,居然望到白头的富士,高踞天末。

前面有苍葱的杉竹,间有几树粉白朱红的梅花、山茶点缀着。长空是碧蓝的。这明媚风光,又令人怀念江南了。

庙后有数丈高的竹林,林下纵横着老松枝干,杉村说:"看不看新鲜东菇? 在这里很多呢。"

老和尚一会儿出来请大家入禅堂休息。另外有小和尚出去汲水煮茗,泡出绿茶沫的茶,用九谷烧的大茶碗端出来,一人一杯。地席上摆了两样白糖米粉做成的饼。

绿茶颇苦涩,但大家都浸淫在清幽的风趣中,颇能欣赏茶味,大千尽一瓯,又要一瓯。

济远已于此时悄悄地到园中写生去了。

我们端坐品茗,默默欣赏这禅堂的"一尘不染"。

宾主寒暄数语后,年轻的和尚端出了茶盘,上有黄绿色锦屏山瑞泉寺印的浴巾, 每人分送一条, 以为纪念。杉村代我们送了一个信封,想是香资,这种礼节,很像中国。

出来走到禅堂转角花坛上,有一弯弯的粉色老梅的枝干,斜伸过来,姿态有如梅兰芳演的"贵妃醉酒"身段。我看痴了,立着不走。

"这棵叫照水梅,你看它的姿态多美!"大千说,"它的花朵都是面面向水的。"

细看果然每朵花向下，格外有一番风韵。

禅堂左侧有绿梅一株，绿梅花瘦而密，下配大叶竹掩映有清趣。树下，有青苔的大石几堆，亦幽雅宜人。我想起志摩到了孤山，寄回北京两枝梅花一首口号诗来。那诗是给小曼及她的朋友的。"绿梅瘦红梅肥，绿梅寄与素，红梅寄与眉"，志摩永远忘不了人间，所以他的诗句，带着人世的温暖，不像林和靖那么寥涩无情。志摩已去世多年了，至今朋友讲到他的，都好像昨天才见过他一样。他对日本印象完全充满幻想，可由他的"莎扬娜拉"诗里看出来。那首诗是他陪泰戈尔老诗人游日本时写的，他们那时的光阴，真是"烂若舒锦，无处不佳"。日本人原本最会作东道主人，他们有心招待人，真是体贴入微，使宾至如归一般舒适，尤其是女性，她们差不多都值得小泉八云的赞美。一个道地的英国文人竟会倾心爱慕日本生活的一切，他写的书很值得我们一读。

禅堂后有瑞泉寺僧刻石诗多首，均是七绝记山水之胜的。我匆匆地看了一遍，知道最早来的和尚，原是中华高僧。阅《禅文化》上记载，说梦窗法师曾爱锦屏山水清幽，曾到此住过。他曾在几处山水胜地创建寺院，以大自然的烟霞，供养我佛如来，美化人间，这是至今称为佳话的。他住过的寺院，都有山水园林之胜。如那须野的云岩寺，岐阜县的永保寺，南海的吸江寺、圆觉寺及京都的西芳寺、天龙寺等都是有名的山寺。

梦窗疏石是六百年前的禅林高僧，他生于佐佐木家，五岁丧母后即虔心拜佛，九岁即要求父亲送他出家。空阿大德惊其不凡，允许留他给以佛门教育，佛典之外，兼习儒教道教以及世间一般之学艺。渐长，他感到世人引诱甚多，于是就在壁上画了《九想图》(从肉体的糜烂着想开始——以至成白骨，看法很似圣法兰西教徒之苦修禁欲)，以为警戒。十八岁，即剃度，登坛受戒，专心内典，摒斥其他学问。

他对汉诗及书法，均有相当成就，京都许多有名古刹都有他的手迹流传。他的禅诗，素朴很称僧人身份。兹录两首，以见一斑。

和挑溪和尚德悟

来从万水千山外
又向千山万水归
这回别有真消息

风搅溪林落叶飞

慧林寺山居

青山几度变黄山
浮世纷纭总不干
眼里有尘三界窄
心头无事一床宽

百年前日本高僧都会写汉诗，且写得一笔潇洒行草，否则不能与士大夫来往，且不能赢得国人景仰。各名寺院亦以收藏古今名人书画夸耀，此风至今不改。由此点看来，日本寺院实为储藏中国书画文物宫殿，难怪中国文人骚客去了就像"回老家"一样舍不得走。我是怎样渴想能在瑞泉寺住下来些时，欣赏"暗香浮动"的诗意啊！

本来还想去热海及箱根看看，但恐看过锦屏山的梅树，别的不会比得上，就不去了。

四

第二天我们到上野公园的国家博物馆，特别向馆长要求一看几张中国名画。那是太名贵了，平日舍不得展览。

中国画里我最爱水墨画，这次看到的都是水墨精品，计有梁楷的《李白行吟图》《布袋和尚图》《六祖截竹图》，均为精品。《李白行吟图》，尤为千古杰作，只寥寥数笔，活写出诗人潇洒旷达的襟怀风度。

此外有李龙眠潇湘手卷，写潇湘云水，若隐若现，而此中渔村鸥鸟均与烟云韵调合拍。世人只知米元晖及高房山的云山雨景，何所见之不广耶！此图本为寒木堂所收藏，关东地震前，以重价归于菊池惺堂，地震时菊池所藏均毁于火，唯此卷及苏东坡寒食帖冒火取出，真是幸事。寒食帖后为王雪艇先生收藏，近年亦曾见过，确是国宝。

我收藏的查二瞻仿米虎儿的宿雨霁晓烟欲出卷，与此卷异曲同工，亦钤有寒木堂收藏印，中日战争时曾携之入川，亦曾数经烽火。昔人常说"世间名作冥冥中似有鬼神呵护"，我愿这话永远是真的。我很盼望有一天把查二瞻的云山卷携去与李龙眠的潇湘图对着欣赏一下。这个梦却不知哪天才会实现了！

在东京应记下来的事物，还有不少，此刻细想，若全数记下来，那真要写一本书了。

我想古典式的歌舞伎及浅草国际剧场的松竹歌剧团的豪华公演（一为皇太子婚礼庆祝而预备的舞蹈，确是热闹动人，但不纯是日本的艺术），都应报道。

纯日本艺术的演出要算新桥演出的文乐人形净琉璃了。这是一种很古的傀儡戏，演的戏码，大都是古之狂言。傀儡有二三尺高，穿着衣帽头发同真人一样，台上亦有布景，唯弄傀儡的人均在台上出现，不过他们穿黑衣戴黑帽而已。傀儡不能讲话，它的台词及歌唱均由戏台上的两三个似乎说书口吻的人代说代唱。有时两旁近有十来位弹三弦的人一齐配合弹唱。看戏的人很拥挤，不少西洋人到来，大家似乎很认真地看。我倒是极欣赏它的布景，每个都像一幅浮世绘的画，加上活动的傀儡，并奏着三味弦音乐，我觉得我至少走回二三百年前的世界去了。

剧场目录上有本间久雄（老牌文学家，早稻田教授）写的《独自之艺术境界》一文，很有意思。

一个清晨,我独自去看国立近代美术馆。这博物馆在市区,房屋不算大,但有楼二层,馆长是冈部长景,他任美术文化一类的职务,已有二十多年历史,他礼贤下士,极爱重艺术家,他也收藏中国画——八大山人石涛的都有一些,可惜没有时间下乡去看他的收藏,他曾很慷慨地约过我们。

日本画坛在战后确有一个进步现象,他们已经开始摆脱他们传统的致力细弱意境和着色务求鲜艳的作风了。在新的西洋画中,他们已显出一种新的力量,虽然方开始,可是我猜想他们要持久下去一些时的。他们已能选择粗犷寥远的境界及简朴的色调,这些有一天且会影响他们的人生观,这也是一种健康的修养。

五

"记得绿罗裙,处处怜芳草。"我住在京都一周,天天想起这两句诗。

不记得是哪个诗人说过以下那令人深省的话:"童年的印象,多半是'无声诗',长大了后,诗虽然有了声,可就没有画了。"

十年前我追忆童年所见的京都,写了《樱花节日》

(英文的载在《古歌集》)，曾请梦江女士校对一下日本语的英文拼音，她交还稿子时对我说："我共读了三四遍，流了泪读的……那里面的描写太美了，却都是我时常想起来的，我一行也写不出来！"

梦江女士十几岁即离开日本到西方，她特别思乡，因为爱日本，凡东方物事都是好的，因此，她也格外爱中国艺术品，近年因兴趣相投，我们成了知己。我到了京都，尤其想起她来，也时常想到当年我们所知道的后来时常想念的那个日本。

重游人久已饱经忧患，况且京都又在日本战后，我怕当年的温情绮思早被现实熏黑了，描写京都就未免有唐突"西子"之嫌，还是译出那时给梦江女士看过的头二段比较公平吧。以下就是其中的二段：

"京都是曾经做过日本京城好几百年了。据说那是完全模仿唐朝洛阳建筑的。在日本文字上，至今还有不少人把京都叫洛或洛阳，有了这样一个京城，日本人都很以为荣。京都也不愧是一个首府。不光是它的宫殿王侯府邸巍峨大观，此外寺院塔桥，亭台楼阁，池沼园林，均各据一方之胜，真是一个山清水秀、人杰地灵的所在；历代不知有多少高僧逸士，诗人画家，名优美伎，擅绝代

64

之艺,点缀古都。它有名的鸭川染织出来的丝绸又旖旎又绚烂,又似为如花的艺伎舞子助妆出产的。在樱花开时,各戏院均有特别节目的演出。各大寺院及各名园,均行开放,任人参拜流连。各大神社每日均有结队成群的香客,由全国各地来京都参拜,顺便在古都享受一个快活节期。

"黄昏时各处灯笼点亮了,京都便从人间升进仙境了。游人,尤其是年轻的女人,穿着比蝴蝶更艳丽的和装,散在有樱花的各处。

"我们步行的一群人由一小径步行到一座古木围绕的大寺。这时又亮又圆的月儿已升到中天了。日本式的木屋,多为奇松修竹所点缀的,此时正浸在夜雾里。在远处一层浅似一层蜿蜒的山峦也浸在月光里——它们看着似乎是透明的,有时却又像是在清澈的湖心看到的倒影。

"在山道上,不时有穿和服的日本人走向寺院去。另一面却看到那有名的三条大桥载着几个人影浮在月光里。远远的房屋、树木、河堤,缥缥缈缈的像是日本的水墨画笔描写的一般。我看迷了,我想我看到大画师北斋的意境了。虽然那时我并不知道他的名字。"

我草草地译这两段，作为介绍京都的序言，虽然这只是我童年的印象。那无邪的印象，好似洁白的画绢，描上什么都不会令人讨厌的吧。

由东京乘火车到京都，快车亦需要九小时，我因想白日看看日本的山野，所以决定乘早上九时的火车去。

一路上果然看到不少好风景，尤以近箱根伊豆路上为美。修竹，梅花以及老松，配上淡淡的远山，波光潋滟的海面，真使人有"画不如"之叹。近滨名湖时，还看见富士山，山头皑皑高现天末，威仪万状。

入暮到达京都，即雇的士去女青年会下榻，次晨早起饭毕即雇车去京都大学人文科学研究所。我一半愿望是重看一看京都帝大；另一半愿望是由那边走上银阁寺当年住处附近，去看看疏水河边的松竹梅花无恙否，及已故画师桥本关雪的园林还依旧否。

帝大的人文科学研究所外表似乎很有气派的，但有点像博物院。我把杉村先生介绍片送进去，所长未来，一位副教授接见，蒙他指示我在京都的游程，并派他们的女秘书带我走向银阁寺去。经过一家小料理店，她说："这里的饭贵的要二三百元，便宜的也要一百元，我们很少来的。"（按三百元只合到两元叻币）日本大学教授的月薪只有二十来镑钱，想到战前一个教授的气派，不禁为他们黯然。

一个人无言地走在疏水堤上。堤上树木，大致是认识的，小樱木已成老樱，腰肢是粗粗的了。松竹高的高，矮的矮，不易分别了。房屋也加倍建筑起来，门牌番号也乱了。好在我本无心找寻什么，现在风物已殊，只觉有一点怅惘而已。

那条浅碧的静静地流着的疏水，却清亮如昨。在它旁边走着，不禁想着二千五百多年前孔子说的："逝者如斯夫，不舍昼夜！"百代的大师见了流水作如此想，今日的我，亦作如此想的，时间原是无情的、神秘的，可是它的不舍昼夜的精神，大可作为我们的警笛号角，我们在坎坷的人生道上应时刻侧耳地听着。

银阁寺（一名慈照寺）的素朴山门像一个老朋友那样静静地等着我，门旁却多了一个卖票窗口了。

走进寺内，先看见的是那清澈照人的锦镜池和那白色的当年曾象征西湖波纹的银沙滩、一尘不染的银阁以及茶室等建筑物。一个僧人都没有，静悄悄地用绳索围起来的路线走了一圈儿。当年池上那树斜卧的粉色山茶不见了，猩红的天竹也不在水边照影了，似乎山百舌、八哥之类的鸟,也全都躲起来,清脆的鸟声也听不到了。

池边却有几个匆忙的走来走去的游客,带了大大小小的照相机来给他们同来的人照相。我本来找了一块石头,想坐下来描一下银阁风光(只有池水波动纹返照上银阁的木壁上的影子还清幽如昨),可是那些照相客人在到处走(他们来的目的,似乎专为照相),也不容我坐下来了。

我惘惘地走出了庙门,大有契诃夫的《樱桃园》女主人的心境。有一天这锦镜池内会不会填上了洋灰,作为公共游泳池呢?我不由得一路问自己。

本来打算去过银阁寺,即去东山清山寺——那里有一座神秘的宫殿式的戏台,高高地立在一个山谷中间,春天看花,秋天看红叶,冬天看雪,夏天乘凉都是一个理想的所在,可是此时我不忍心再去了,那里此刻既没有雪也不一定有梅花,说不定那舞台也围上绳子,禁止人走上去了。

中饭吃了最廉价的鳗鱼钵饭,那几片腌萝卜,味道倒没有改变。

六

　　第二天我去金阁寺(一名鹿苑寺),明知那一九五五年重修的金阁,不是当年的一样(据说以前的金阁上二层是贴真金叶的,夕阳返照时格外富丽辉煌),但我想再看一下那北山麓的著名庭园——那个别庄开始筑成于一三九七年,在足利义满时小松天皇曾行幸过,义满死后,其子义持,特请梦窗国师住持改为鹿苑寺,以纪念其父。鹿苑是义满之法名。

　　我有时空想,若果有一座中国花园(像北京西郊外的朗润园镜春园的款式)及一座日本花园(像金阁寺)让我选择住下,我会宁可取后者;因为前者规模大,假山石及油漆美丽亭台楼阁太多,住下去恐怕不能得到山林清趣,而那一大批的建筑物,需要工人打扫,花木亦常要工人修剪,等于住在大观园里,终日为人事分心,倒享受不着自然风趣了。

　　金阁寺可以说日本花园中最考究的了,它的房屋只有三四座,一所夕佳亭是它的茶室,另外一厅供了舍利的佛室,另外有一处想是当年起居室及工役住屋而已。这些房子一律不加油漆,地上只有地席,家具只有木几

69

及屏风。园中植物,青松翠竹之外,偶有时令花木点缀一下,如春有樱花,秋有枫叶而已。泉石布置不尚奇巧,唯师自然,住在里面,令人有"闭门即是深山"之感,中国式的庭园总有城市的山林的味道。

我来看金阁寺的意思,倒不是为了堂皇的金阁,或是那棵像只舢板船大的卧松,我记得最爱的是青翠的北山倒影在镜湖池里,及那清雅绝尘的夕佳亭,两三张在墙壁上挂的字画,及那闲静的纸窗和门外的幽径。

由金阁寺出来已找不到廿年前我曾画过有梅花松树互相间隔的两长排的石灯了。到寺门口茶棚坐下来望望山,吃了一个煮熟的蛋,饮了一杯茶,然后走到坡下的一间陶器店,买了几个新烧好的小酒杯,上有店主老人画的京都什锦做纪念。

七

到京都后一连看了好几处的寺院,也许因为我对一切宗教向来不热心,所以未免感到有点沉重的气息,又因是冬季没有香客游人,到处冷凄凄的,有一点令人寡欢。

我于是决定先到岚山游玩一天。女青年会书记叹口气说:"这样冷天,你去岚山吗?"

去岚山有京福岚山电车,不到一小时即到了。这电车也小也旧,但却准时到。车资很便宜。

我在电车中曾站起数次,以为是要到了,很显得兴奋,但我始终不肯问人,现在知道唐人所说的"近乡情更怯,不敢问来人"诗句之美了。

岚山是在我童年即深深地爱上的一座山,非但它青翠的山色,时萦梦寐;那绿酒似的保津川,回想时还十分醉人;还有那唐朝样式的渡月桥和那小渡月桥——我们只须听那迷人的名儿,也就够令人想念的了。

我居然又看见岚山了!电车到站时我对自己说。先是走到一条专售纪念品的小街,五颜六色地摆满路之两旁,冷清清地很少顾客,大约因早晨有点雾吧。约五分钟后,我已出了小街,望见那条渡月桥,对面就是岚山了。我迷迷糊糊地走上长长的木桥,纵目四望。

"啊! 这真是岚山了?"我问自己。每次我到了所爱的山水胜地时,我就想起司空图的《诗品》:"若有真境,如不可知,水流花开,清露未晞,去路愈远,幽行为迟……"我这时的心境,确是"如不可知",没有别的话语可以描写得再逼真的。

岚山仍是那样温柔恬静，它似乎用一双像蒙娜丽莎那样的妙目对着我！它的晨妆是翠绿轻纱的袍子，头上披了白的薄绡，微风吹着，远远飘来晨鸟歌唱。

川上的游船静悄悄地泊在树荫下，船身长长的两头微翘起来，上面有个玲珑的木棚，像明代的"西湖十景"所描的楼船或花船格式。堤边芦苇都黄了，有些上面还留着白的花，迎风摇曳；岸上的松树有几处虬曲伸向溪流；有几株三五成群疏落的槎峨的松杉，似乎是几个舞蹈者的造像，塑在沙滩上。

到处有一二幽雅款式的茶寮及白石灯点缀着，细看，还有尚未结花的老樱树点缀水边及山坡上。

我拿了速写本尽意描下风物的一些影子，一边走过桥的那头。过了小渡月桥，到了山脚下，再望对岸风光，那边风姿很美的树木，参差的配着楼台屋宇，房屋上时有白白的炊烟上升着，背后是透明的如蝉翼的高高山影，川上的水很浅，大石块均露出来，有几只山鸟在石上水边悠闲地游戏。

桥上不见一个人，在远远的堤上有晨露遮掩，我更意味到"去路愈远，幽行为迟"的意境，这也是东方山水画的意境吧？山水至高的"逸格"，就是"以幽澹为工，虽离方遁圆而极妍尽态"。这是恽南田题山水时明说的。

我走上小渡月桥,望到一二家柴门轻掩,幽径两边有梅花及竹丛,天竹间有奇石成堆点缀着。这些描画下来,就是一幅宋元山水画,也都可代表美的唐诗。此时我不禁想到王孟端的题画诗:"诗情画思两飘然,笔有烟霞腕有烟,何必远征关董笔,但饶风韵便堪传。"这也是说我们只须领略到当前风物的诗情画意,腕上便会有神助,不必再要什么了。

渐渐地桥上走来两三个人,他们不一会儿就消失在山道上,我提了画囊也转过山道去。那里在往昔的春时,上面开着绚烂的樱花,水边的茶棚里都铺着猩红的毡子,炉边的女人也打扮得像一些蝴蝶飞来飞去地送茶送点,游人大都悠然歇着,真有"暖风熏得游人醉,直把杭州作汴州",谁也不想回家了。此时呢,山上树木及一切正静静地在期待着春的回来。

我又描下了几幅画稿,独自坐在空茶棚的木床上,也有点悠然自得。我忽然悟到,唯有独游唯有冷清清的所在,我们才容易找到山水真趣,所谓"大好湖山归管领"只是给一个独游的人享受的。

到了中午,太阳渐渐露面,游人渐渐多了。我走到一家小料理店，叫了一碗滚烫的红豆粥和京都名物煎饼吃，侍女把钵火移到我座边，笑着问我："今早很冷呢，你不怕冷吗？"

我含笑答："不怕冷。"却悠然记起苏东坡腊月送惠勤惠思二僧的诗："天欲雪，云满湖。水清石出鱼可数，林深无人鸟相呼。……道人有道山石孤，纸窗竹屋深自暖，拥褐坐睡依团蒲，天寒路远愁仆夫，整驾催归及未哺，出山回望云未合，但见野鹤盘浮图。兹游淡薄欢有余，到家恍如梦蘧蘧。作诗火急追亡逋，清景一失后难摹。"

"到家恍如梦蘧蘧"，恰是我这时所要自道的句子，尝到这滋味，我会觉得古人云"墨沉留川影，笔花传石神"已有点啰唆；陶渊明的无弦琴也大可不必有了，因我只记得那两句"自得琴中趣，何劳弦上音"啊！

八

在京都去了京都博物馆，蒙神田先生招待在后馆特别看藏画，那里有由美国某博物馆来度假的艾得华先生，他也在聚精会神地研究每一张画，博物馆员用特别灯光助阅者研究。原来最著名的宋徽宗的《秋山图》内，树上有二小猿；《高士图》上有一双白鸟远远地在金色云

彩中飞过，在印刷品中向未看见。二图均增加了生物，意
境更加潇洒生动了。京都博物馆的其他的画当有不少可
记之点，惜篇幅关系，此时只好割爱，俟诸异日了。(同样
情形。我特别用一整天到大阪市立美术馆观画，那边有
阿部的藏画，很值得一观，蒙那边馆长招呼，特取一些名
贵画来招待。我自清晨看到下午三时，中午出外打尖休
息一下，在市立公园坐了十来分钟，那公园规模很大，现
已欠修整。馆中名贵之书画，我最喜的计有石涛的《东坡
诗意》册页，新罗山人的《秋声赋》，金冬心的《骅骝图》，
以及苏东坡写的李白诗仙诗，相传此卷与寒食帖为寺内
独存之二卷苏字。此卷之纸质甚为工致，纸内有芦雁水
印花纹。)

九

千里莺啼绿映红

水村山郭酒旗风

南朝四百八十寺

多少楼台烟雨中

这首诗是我童年在《千家诗》上读的，已经忘记是谁

写的,我始终以为移赠与奈良,是最合适不过了。

我常常想在我去过的地方,宗教不必拿教义来说服人,光由它的外表一切——由它的建筑、美术、音乐的表现使得一个旅客佩服或感化得五体投地的,在西方要算罗马及梵蒂冈,在东方似要算曲阜及奈良了(我还没有去过印度)。一个人走进罗马的圣彼得堂,抬头望望和低头看看,他比一比他家乡的建筑雕刻及绘画,不免都要叹口气说:"这怎样比呢!"或是他到了曲阜,由那两面杉柏并立的长径走入孔庙,抬头望见那巍峨的大成殿,殿前有两三个人合抱粗大的白玉雕龙云的九条大柱子,看一个人立在一边,变得十分的渺小委琐,他心中不免要叹道"怪不得是个至圣先师庙堂"了。

到了奈良,你第一眼就望到那青松翠柏的林中,有养着为了传达佛旨的成群梅花鹿游息着;上面看,有高耸入云玲珑的五重塔;望远一点看,有巍巍的大佛殿;再远看,又有葱翠的三竺山、三月堂等建筑伟大的寺院。路上虽没有人念着佛,和尚也零落得不多几个,可是只要你在一处停下脚,那些与佛有关的奇美的建筑物或物事都告诉你佛是什么了。

先说春日神社吧,这是藤原氏大族自己建立的庙宇，那长长的朱红色的大殿有一千八百个石灯点缀着庙里，另有一千多盏的古香古色的铁制挂灯悬于殿廊之下，祭日到了都点了蜡烛。春宵散着藤萝花的甜香，秋天映照着丹红的枫叶，碧翠的森林加上葱绿的草地，就是我佛如来到来，也会不舍得走吧。

我独自走入了南大门就看见镰仓时代（一一九九）照天竺样式再建的大佛殿，在头层殿内两旁栅栏围着的是两个高八米的仁王像，为有名的雕匠运庆快庆所做，神气威猛如生，筋肉衣褶亦极考究。再进入大殿，就看见公元七百四十九年——即日本天平二十一年圣武天皇许愿铸造的大佛。佛像高五丈三尺五，重五百吨，他的脸长十六尺，一只耳朵都有八尺长！佛之正中，有十五尺余之八角铁灯笼一个，据说是天平时代制品，四面刻有奏乐菩萨像，真美极了。大佛脚前只有莲座为饰，此外只有长明大灯而已。日本佛庙不喜富丽的陈列，菩萨亦常常不加粉漆，很得古朴幽远之致，同时也暗示来瞻拜者"出家人是如何不恋红尘物事"。中国许多佛殿，供案上陈列太过金碧辉煌，殿上又时常悬着绣花幡帐，甚至菩萨身上，如有人许了愿实现了，还会巴巴地送一件绣五彩牡丹花的袍子来，披在佛身上，或一份银香案陈列在佛前！

大佛殿后,有大松林及讲堂址,在讲堂后草地上,有巨石竖立,这是应合"顽石点头"的故事吧。

猿泽池内五重塔之倒影据照片看来很美,但是那个池水浅而多落叶杂物,水不清澈,有影不会显出了。春夏柳树长了叶、雨水多,也许不同。

二月堂及三月堂,我都走进看了一阵。二月堂建筑很奇,格式也玲珑;三月堂则比较平常,在那里有两家出售纪念品的店,我买了几支鹿毛笔及一把鹿骨裁纸刀。

我怕走迷了路,仍由原路下来出东大寺前门,看见了的士,我说明经奈良公园过,到药师寺及唐招提寺去,因为艾得华先生告诉我,这两处的佛像非常古朴有力,雕刻很考究。

过奈良公园,梅花鹿在悠然自适地游息其间,如真有天堂,我想也不过像那样恰逸吧。

奈良在公元七一〇年作为日本京都,一切建筑,都仿隋唐样。经过七个朝代,由七一〇到七八四年,不知建筑若干寺院！最早为飞鸟奈良时代的佛寺,此期佛教,群众多为氏族本身的崇拜佛氏,目的原为长寿消灾与治病,这都是现世主义的宗教。奈良时代建设寺院竟有三百六十一个之多。又改编从前的经典,到了考德天皇的二年(六五一)时,全部经,据传有二千一百零九部了。僧侣待遇,变成了准官吏,他们享有免税的待遇。圣武天皇说:"寺兴则国兴,寺败即天下衰。"这样说来,可见日本佛教的国家性是如何重要了。

奈良朝的末年,僧尼渐腐化,直到净土宗的高僧法然、亲鸾、日莲等出——他们皆能把握佛教真实精神,因社会时代的局势,各依其契合方便,以振兴佛法。亲鸾等说念佛还是"形式性"的"行",要把念中的信发挥出来,才算是"实质性"的"行",又说"死后往生"还是"彼岸性"的,"信心往生"才算是"此岸性"的往生。纯粹无疑的信心,是宗教的主要核心,这是日本民众化佛教,亦是流传直到今日的教义,这比中国一些佛门的说法,更加实际化了。

据说有一次法然上人的弟子们争论"吃鱼的人,能不能往生",法然看见了立刻训道:"不问食与否,只有念佛的方能往生。"他是主张只有念佛,始能超越一切矛盾。又有一次叫甘糟太郎的信徒,当被派出征时,他来问道:"我将临阵交战,交战时的念佛者的态度应该如何,能不能往生?"法然上人答:"弥陀的本愿,不问机之善恶,不论行之多寡,不择身之净不净,罪人在罪人立场上念佛,也能够往生。这是本愿的不可思议力,纵使临战失命,如能念佛,必得升天,这是不必疑心的。"自此说一出,民众之归佛者更众,法然的教法,至今仍为不少佛门子弟所遵守。

法然以后的净土教普遍全国。这是亲鸾宣传的教义原理,他说信心是从往生极乐第一条件,念佛生命,完全在信心,这是信仰至上主义。"念"是口行,也是形式,但信心是宗教精神的根本内容。往生大事非凡夫所能窥知,只信任如来我佛便不会错。

从教理方面看,日本佛教完全是承袭中国的,例如密宗的"即身成佛论",净土真宗的"信念主义",禅宗的"生活即佛法"和日莲和尚的"唱念法华"等等,其思想渊源和教理内容,都是中国东西。在实践方面日本亦没有什么新的独创,仅将旧的稍加发展整理而已。不过到了近三四十年,中国连年内战,寺院荒芜,佛学日落,日本仍保存旧日规模。又有人说中国佛教特质一向是"禅",而日本佛教特质是"净土",是信心化的佛教。他们的比较容易普遍化,我们的比较深奥而哲理化,也许中国人本是根本不能虔诚于一种宗教的民族,一个非宗教人,去谈宗教也不会透彻。

十

在日本住了三周多唯一令我愉快的,是我实在觉得自己仿佛回老家一次了。无论在东京或在京都所有的文化艺术,历史上的也好现代的也好,都不必解释,我都能拿过来就懂,就是山光鸟语,泉韵虫声也似乎同中国的一样。虽然,在银座街上的灯光,看不出有多少中国味儿,可是那也并不是原来的日本趣味了。在地下铁道的乘客,默默地立着坐着,如果说不像南方的中国人,却像北方的中国人吧。据说日本人自从去中国打过仗,不少人家都变了喜欢做中国饭食,日本原有的"清茶淡饭",吃了已经不够味了。日本年轻女子也常常做一二件旗袍,她们的头发不少学了中国方式,前面也有覆额的"刘海"了。有两次在东京乘的士,司机主动地告诉我们说:"中国多好啊!中国多么好啊!可惜不能去了!"现在日本人都不叫中国是支那了,他们说"中华"二字很自然了。我觉得现在日本人有一点变得更像中国人是他们已不如战前的多礼节,富虚荣心,他们是向踏实的人生大道上走去了。总有一天,我想他们和我们会

"落叶归根"的,在地球上享受同一的生活。我还相信,这不必经过战争的魔掌,因为他们已深深地尝过战争的苦味了。

附记

笔者由日返新后,曾有不少南洋大学同学(文科的)来访问。他们要知道到日本应去看什么地方,费用若干,入境手续如何等等,我欣然应允了写一游览单子,抄录如下:

东京方面一周间游程——(如找得到中国人领路,最好不要加入观光团或旅行社游览,因为那样要花三倍以上的钱。西方人士不识中国字,处处受困,中国人则不同。)

一、皇宫、国会及议会图书馆。

二、东京帝大神田书铺区。

三、上野公园——日本博物馆、东京中央美术馆、近代美术馆。

四、明治神宫及明治博物馆和公园。

五、东京广播电台及电视(NHK BUILDING)。

六、松竹歌舞团伎座。

七、每日新闻社、朝日新闻社、读卖新闻社。

八、风景区:镰仓大佛及附近的寺院,热海、伊豆温泉、箱根温泉、日光、富士山。

在京都方面一周间游程——

一、东本愿寺及西本愿寺。

二、皇宫(京都御所)的三条大桥、二条城。

三、三十三间堂、祇园、平安神宫。

四、银阁寺、金阁寺、清水寺。

五、京都帝大人文科学研究所及帝大图书馆。

六、京都市立美术馆、京都国立博物馆。

七、京都附近名胜区——岚山:保津川及比睿山(春日可看花拜庙)。奈良:法隆寺(最古的壁画)。大阪:大阪市立博物院,高雄(秋日枫叶)。宇治川:石山寺(源氏物语著者紫式部故居)。以上所开的都是为了学文科的青年要看的,对科学有兴趣的,应另开一些。为什么这游览程序与笔者的大不相同呢？答复是(一)他们是没有去过日本。(二)他们大多是第一次出国。日本古代的、近代的文物在他们都需要看看。古代的可以代表中华文化,近代的多少可以代表欧美文明。至于风景区也要看看是因为日本的风景区多有佛寺古迹或文物遗迹,这在东南亚不易看见,在北方的至多亦不过上二三百年的古迹而已。

旅行手续,在战前如系东方人,尤其是华人去日本,一概手续都不需要,现在不同了。他们仿效西方国家一样要办入境手续。未去时最好去本地日本领事馆办理清楚,免得到东京要去外事管理处站立多少时等候办手续。

以前带入日本的钱愈多愈好,毫无问题。战后因黑市商人弄得东京警察无法,此时入境也要斤斤计量登记了。到日本去,如要省钱,最好不住西式旅店;学生住YMCA最理想。饭店吃饭也相当贵,平日可到料理屋吃便饭,看了价目才进去,如果不识料理屋,到火车站食堂或大商店的食堂去为宜,那里为大众设备的饮食品是不会奢侈的。

笔者又记 一九五九、五、十。

原载一九六〇年三月新加坡星洲世界书局有限公司凌叔华散文集《爱山庐梦影》

谈看戏及伦敦最近上演的名剧

中国人对戏剧一般说来有两种态度：一是把戏剧看作士人业余游戏产品，另一种人认为戏剧具有移风易俗、灌输民智力量,故第二次大战时,中国政府很快地就决定把宣传寓于戏剧;所以战时中国,话剧发展与进步都非常快。但这两种态度,都不是我们现在所要说的近代戏剧。

近代戏剧发展,真有一日千里之势,我们再不能用从前的眼光来批评它了。

戏剧本身原是文艺女神最宠幸而又最多事的娇子。诗歌、小说、散文,假如有了灵感,加上丰富的经验、不断地努力,成功便可指日而待。戏剧呢?具有了那些条件,还差得很远,因为近代人认为"剧本是为了上演写的",换句话说,剧本不能上演的就不必写了。无论什么剧本都需要配合演员、导演及舞台布景等,有时还得配合时代及观众能否接受。假如这种种条件都合适了,人们始能认识那出戏的伟大。这较之诗歌,小说等等不是费事多了吗?

今日的西方,也还有不少人误解戏剧的价值,普通人多以为"吃一顿好饭之后,前去看出好戏,那是人生最大的享受了"。这种人以戏剧为娱乐节目之一,把戏剧看作打牌下棋一样的消遣品。另有一部分人以为"人生便是戏剧","世界便是舞台",我们天天接触着它,何必巴巴地去戏院看戏呢?这样说法,表面看来,未尝无理。我们平日倒也真的看到不少富有戏剧性的故事,例如一个青年女子从高楼跳下自杀了!一个警察,赤手空拳去追两个带有手枪的抢劫犯;或是一个母亲跳入火堆里救出在摇篮睡觉的婴儿。这些情节都十分惊心动魄而富戏剧性,但是我们试想一想:我们当时亲眼看到时,曾经十分兴奋与感动,时过境迁之后,为什么我们不会像看过戏那样印象很深而感到满足呢?一等到我们追述这件事

86

时,往往趣味大减,有时且因为描绘的言语不够用,或听的人不表示感兴趣,这富戏剧性的事件,常会打对半的折扣,或烟消云散了。同时这故事虽有戏剧性,因为它缺乏连续性的联络,也没有完结的准确性,虽有高潮(如在剧中)但因我们并不清楚这事件的前因后果,以及故事中主角的性情、漏洞不免很多。常常使目击者觉得故事未免牵强,趣味渐觉索然,对故事情绪亦减低百倍了。况且世界广大,人情复杂,我们既不能像上帝那样高高在上观察人间一切世相,"道听途说"既不可靠,"耳闻目击"亦不可能,世上虽天天富有戏剧性的事件发生,我们所见到的亦只恒河之一沙砾而已。英国文豪 G.K. Chesterton 说过 "人生是很像用一打汤勺子搅过的侦探故事啊",我们怎能弄清楚呢?

我们知道,好的戏剧是会帮助人透视人生理解世相的。它并不像传道士一本正经地说教,它也不像严厉的家长拉长脸孔教训后生,它只是让我们欣赏领略那通过演员的形象,经过艺术化的言辞与动作,我们如坐春风,如沐甘雨地去吟味台上的人生与世相;有种种的七情六欲,往往有种种……的冲突,生死问题亦多具严肃性。爱尔兰伟大戏剧家 J.M.Synge 说:"戏剧本身原是严肃的。

它可以供给我们滋养料,使我们想象力继续活跃。为此我们去看戏,不该作为像去药房买药品或上杂货店购物那样子不足轻重。我们应该认为去赴盛宴一般,那里丰美的佳肴,可以充足地滋补我们的身与心呢。"

当然,我们若是去看一出平平的戏,也许可以比作吃一点药或喝一杯酒,身心得到暂时的兴奋与满足。但看一出好戏,效果不但能让我们了解更多的人生世相,最重要的还是它丰富我们的精神与生活,使我们思想升华,同时令我们认识人生。有什么别的事比这个还值得我们去做呢!

我常想伦敦可说是看戏最理想的城市了。因为它的地方之大,人口之多,均为世界大城市首屈一指的。它虽是大英帝国的京城,但是游客除了走到皇宫前面看到皇宫卫队富丽堂皇的衣着,此外可说是毫无特殊的痕迹,在星期天下午,我们往往可以在海德公园的广场上,自由自在地听那站在装肥皂木箱上的人演说,他有时大骂现任政府,讥讽议会及皇室,警察站在一边倒替听众维持秩序,保护演说者。因为国家有了这种鲜明的保障,思想自由的表示,故英国近百年来产生不少文学家思想家,对世界文化的贡献极大,这也是久为世所公认的事实。

伦敦戏院及剧本之多,实为其他大城市所不及。这里常常同时上演各国戏剧,我们今天在一戏院看契诃夫《樱桃园》,明天在另一家看易卜生的《建筑大师》;或是白天看西班牙舞剧,晚上看法国安露易的喜剧。在老维克剧团,你可以常常看到莎士比亚名剧;在城市中心的"西头"戏院,阿珈古利士邸的《捉耗子机器》(侦探剧),一直上演了六年,现在还常常满座呢! 在雨雪多雾的季节,戏院生意更要好些,所以在话剧、歌剧、音乐剧之外,还有所谓 Pantomine 即"新年戏",原来是为儿童做的,不过常常有不少大人带了孩子去看,也有不少成人想到童年的快乐,自己有机会就重温一下旧梦。(这种戏完全是传奇的故事,戏中一定得有一女主角一男主角,两个丑角,许许多多由女角饰的配角,先是经过种种人世折磨,结果逢凶化吉大团圆。像《玻璃鞋》那样的童话每年都要演。)

　　这种戏大都为青年演员,当时也有童子班,男女童均有,明快的音乐,配上鲜艳的戏装,有诙谐的丑角打诨,亦有严肃恋爱的山盟海誓。为了儿童,为了普通人,这是一种很可口的糖果。这种戏是伦敦所独有的。

　　我回到伦敦正值冬季,看到各戏院的广告,真是如山阴道上,美不胜收。我自知在伦敦为时不多,所以不顾一切地(这一切当然是指钱袋!)去订了几种戏票,因为到戏票代理处要抽成,普通每票加一先令,所以我只好自己跑了几个戏院,去买预约的票。我选了几个我特别要看的,那几个戏可说是这时代的代表作,而且那些班子不会去马来亚及新加坡上演的。

(一)最使我惊奇感动的第一个戏是 Eugene O'Neill's *The Iceman Cometh*(《送冰的人来了》),在 Art Theatre 上演。奥尼尔这个戏在一九四六年写成,在英上演还是第一次。全剧需时五小时,虽分四幕,但布景只是一样,这是一个近水的简陋的酒吧间。时间是一九一二年第一次世界大战前,演员有二十来个,但戏剧本身并无特别场面或显示奇装异服,剧中角色是一群"落魄"失业的人, 这里有各式退职的人, 有步兵军官及将军,有"Boer War"战地通信员,有受略贬职的警察官长、马戏团经理人、虚无主义运动报纸的编辑,有曾开过赌场的黑人、娱乐场的老板、哈佛大学法律系的毕业生、因他父亲开赌场被人发现而前途黑暗的年轻人,此外有酒店主人及两个侍役、三个妓女、一个商品推销员等。本剧情节很简单,时间在第一次世界大战前。一个饱经世变的老人何蒲先生开了一个水上酒店,他自从廿年前妻子死了之后即不曾走出酒店门一步了。每天来的主顾都是本地失业的一群人,他们是社会各层级的人。每天他们全到这酒店来喝酒混时光,他们威士忌酒一杯落肚之后,往往高谈阔论,直到深夜也不走。他们所谈的事,多半是过去的,他们彼此对过去有不少惋惜和夸张的感慨,而对于未来涂上一种美丽的颜色。说到将来就是他们所说的"明天",他们共同有一个毛病,把"明天"永远推下去。在这酒店里,各人有各人的自命不凡的一套见解,甚至那三个妓女也说自己并非妓女,她们不过是无家可归的游荡女郎罢了。那侍役也说自己是"那群奋斗者的主持人",表示他的任务很重要。

这个戏布景很简单,虽分四幕,但无幕可下。每幕终止时,台上之灯即熄,幕上时,灯亦开。第一幕开时,是夜半了,台上各小桌上都有一二个人酒后伏桌酣睡,有两个人在很急地争论,有些时时发出梦呓。屋内灯光很暗,酒客衣衫不整,显示他们是不注重外表的失势的人了。酒客侍役送酒与谈话的人之后,也坐在桌边参加谈论。在做梦的有时因声音吵醒,不时有人跳起相骂,骂后可依旧去温他的梦。三个妓女轮流地来,她们像回家一样随便。第二天原是酒店老板生日，又值一个旅行商品推销员来了，他是酒店的老主顾，亦是现在这些主顾最敬爱的朋友：因为他一年只到一次，每次来到后他必请大家喝一次酒。

这一回他来了，大家预备给老板贺生日同时大大地欢迎他。酒店中于是重新装点，充满喜气。但是他来到后报告大家，他现在找到了平安幸福，他已戒了酒了。他并且好意地奉劝大家戒酒，他很能讲话，大家一时都十分地感动，大半的人都决心学他，从此好好地做人了。当天就有大半的人回家去穿戴整齐的衣冠，出去找工作。那个黑人，忽然也有了自尊心，说他将一去不回，不再同白人混这种日子。酒店主人也到门外散了步。一个妓女，找到她的老主顾，一定要嫁他，预备做贤妻良母。不过这光景只有一天，下一幕（次日）大家因种种不如意事而彼此吵闹以致动武，直到后来有人斟酒来喝，一杯酒落肚之后，酒店内开始听到有说有笑的声音，大家似乎重新找到光明景象一般。正在此时那个推销员又来了，法警适在此时追踪找到他，原来他是谋杀了他的爱幻想的妻子，他于是双手被套上铁镣，大家毫无怜惜地望着他走出酒店。喝过酒大家仍旧安安静静地伏在桌上做他们的梦,只有那个哈佛法律系毕业的年轻人仍在同他父亲吵闹,他是没有喝酒。

这是一个抱有很伟大设计、用意深刻的戏。这次演出,导演人 Peter Wood 很费了一些气力,演员有二十人之多,每个角色都不能忽略,每人的台词都分配得很好,这也是艺术剧院近年很了不得的收获之一。这出戏虽很长,但极简单清楚,而代表社会各层人物又极富人情味。虽然演员很多,但每个角色都能演出他或她的主要工作,使观众觉得不但戏并不长,因每个角色说的话有趣味,听了五小时之后,还有不少人觉得"可惜完了",这样戏的演出,使得许多时下流行于中产阶级的"客厅里"的戏剧,显得很渺小贫乏。

奥尼尔本为世界公认的戏剧大师,多少年了,直到前几年死了为止,他的手笔不会平凡的。他这个戏本意绝对不可拿十九世纪所提倡的"自强"学院及二十世纪的"面对现实"的话去解释(虽然目下当有不少戏剧家仍然抱此态度),我们要知道奥尼尔拿他所认识的一群老朋友来现身说法 (他年轻时常在水边酒店结交各种朋友),他知道他们这种人的思想都是十分现实的。他们这些人绝对不是不能面对现实的人。他们大家身世与思想虽然都不相同,但他们大家(酒店主人也不例外)唯一相同之点是他们都为下一杯酒活下去。这时候每个人都活在自己的幻想及"自己哄自己"的大梦境里,酒是可以滋润培植这境界的。没有酒时,大家不免烦躁欲死,但一杯酒落肚之后,他们的想象开了花,使各人的希望变光明,自尊心油然兴起,未来变成乐境。

在这一出轰动一时的戏里,我们也可以看到一代艺术大师,怎样把人生各种苦闷世相,通过艺术形象,痛苦呼号即变成庄严意象,使人感到神游幻境的趣味,这也是哲人尼采所说的"从形象得解脱"之一吧,奥尼尔写一个戏的匠心真是细密周到。全剧各人的语言台词据伦敦剧评家说,那是需要我们特别研究奥尼尔剧本时一起研究的。

(二)*Flowering Cherry by Robert Bolt* (《开花的樱桃树》),在 Haymarket Theatre 上演。保尔特是英国新近最享盛名的剧作家。他过去的生活不像奥尼尔那么丰富。他只是一个住在乡村的教员,有个简单而快活的家庭,妻子贤良,有三四个可爱的小儿女。此戏上演的大成功,保尔特夫妇均喜出望外。戏的情节简述如下:(Cherry)樱先生与樱太太是一对中年夫妇,他们结婚后即住在近

94

郊,现在儿子已到"入伍"年纪,女儿也在公司做了事。樱太太是个勤俭贤慧的女人,她一生希望都寄托在丈夫身上。樱先生原是一个专尚空谈,对自己现状不满意,对自己未来喜欢夸张的人,不认识他的以为他是怀才不遇、很有理想的人,他的朋友,他的妻子都这样想。一日他同一朋友回家来喝酒庆祝他已辞了公司的事,他将要到乡间种果园了。他怕妻子质问,竟瞒了她仍旧托言每日到公司办事去。他日常支出却无法对付,后来他甚至在妻子的手袋中偷窃二镑钱。妻子以为是儿子拿去,特意审问儿子,儿子却以为姊姊偷的。终至三方对证,他才说出他失了业,认了偷钱的错。在未发现他偷钱时,他写信去订购数百株苹果树苗,果园的主人来访他,他即避而不见,他的妻子发现了,很可怜丈夫的有心无力。妻子知道他实已辞了职后,她即去房产公司托他们把自己的住宅出卖,得了钱即给丈夫去买果园。正在可以成交房屋时,她回家同丈夫说知成全他理想的计划,出她意外,樱先生却说他并不想到乡下种果园,以前所说只是顺口谈谈而已,此时早已对此事没有兴趣了。妻子听见如触电一般,至此方始恍然大悟,原来她一生理想所寄托的人就是一个没有理想的人。她原谅他的过去种种毛病,可怜他是个不得志的人,此时忽然发现自己认错了人,悲从中来,立刻收拾箱子离开家,临行时,她对丈夫说:"我弄错了,原来你是连一个理想都没有的人呀!"樱先生很诚恳地忏悔他的已往,要挽留妻子,但她终于走了,此刻樱先生伤心万分。天也渐黑,他们的厨房餐室现出一座果园的样子,绿树成荫,樱先生倒地上呜呜地哭。

这个戏的主要演员为樱氏夫妇,这两个角色个性都很强,是很不易演得好的。我这次看的凑巧是最恰当而甚负盛誉的两人。饰樱先生的是李却逊(Ralph Richardson),饰太太的是约翰生(Celia Johnson),李却逊本是一个很好的个性演员,他说话的音调,装哪种人用哪种调子——他装一个专尚空谈的男人,就用说话极多而毫无诚意的调子,令人听着由声音上就感到空闻不着边际。樱太太原是个诚恳贤慧的女人,她原有不少理想,但因为她爱丈夫就把理想也寄托在良人身上。约翰生女士饰此角色,也可以说天赋地设的合适,她的声音是充满诚恳热情;她天生时常睁开的眼睛,令人看到她富于理想同时对现实世界也充满热情的个性。她对生活十分认真,对子女对丈夫都极富感情,也极尽义务,她是十分严肃地守着她的岗位,可是这也是悲剧构成的元素——此剧的主角,多是对现实世界及理想世界同样认真的人。约翰生女士以前一个演得极好的戏是 *Deep Blue Sea* 的女主角。她饰一个感情很丰富的年轻女画家,嫁了一个绅士之后,忽然爱上一个青年飞机师,她不惜放弃了一切尊荣而与飞机师私奔。同居数月后,那飞机师要远去找事做,因为她不肯分离,所以他便瞒了她去了。她发现此事后就决意用煤气自杀,后来被附近一个医生救了,他给她说了许多话鼓励她,讥讽她,后来她不自杀了,丈夫来邀她回家,她也不去,她愿在贫困中寻求她的艺术工作。约翰生女士饰这女主角时,睁大了她充满智慧而富热情的眼,讲着她厌世的原因,显然的她在讲话时,心神已在幻想境界,演得动人极了。

樱先生与妻子是两个相反个性的典型,男的人生观是逢场作戏,一切不必认真的人;女的是对生活一切都具严肃性的。她在家,样样躬亲,克勤克俭,她做人脚踏实地,所以等她发现丈夫辞了职,她便一心决定他是要去种果园,实现他的理想了,她便急急去出售住房,她绝未想到过世上竟有至亲如丈夫的人原来与她绝不相同的。世上这种家庭也很不少,大都发现后妥协了,俗话所谓"将就"了,这一家就变成慢性的灭亡而已。此剧演时,感动不少有心人,我很幸运地看到这两个名角演这个戏,使我立刻领略了剧本的优秀完美。如换两个演员,这个戏恐怕不易有这样大的成功。可见近代剧本是为了做才写的说法,很有见地。

(三)*Cat on the Hot Tin Roof*(《在烫的洋铁屋顶上的猫》),by Tennessee Williame, 在 Comedy Theatre 演出。威连士是近年来剧界泰斗,他的戏都是卓异凡俗的。以前的《名叫欲望的街车》及《小洋娃娃》(*Baby Doll*)演出后亦演了电影,全世界公认为了不得的成就。这出戏在伦敦是首次上演, 因为剧情不平常而又是威连士写的,故演出后,大小报纸及杂志均有批评,现在姑把评论放在一边,先把故事情节略述如下:

这故事是讲美国密西西比省一家大地主的事。这家的幼子 B,原来是足球名将,但自从跌坏了脚而又因一个要好的大学同窗死了后,虽年纪轻轻的,且新婚不到一年,便终日饮酒不同妻子相处了。妻子是个年轻貌美、道地的女人,她结了婚就想得到夫妇之爱,同时她公公是富翁,且极愿 B 有子,故她每天所有的希望就是如何使丈夫回心转意与她要好。B 因爱友死去,万念俱灰,终日只有借酒消愁,以图躲避现世种种,对妻子一切明诱暗劝,都不动心。妻子同他谈话,有三十分钟之久,等于独白,他只顾喝威士忌,不加一词。后来医生发现他父亲的病是癌疾,且病态严重,时值他的生日,他的长子长媳及一二个亲友,都想方设法庆祝他的寿辰,同时也想叫他写下遗嘱。这老头儿嗅出他们的动机,极恨那些庆祝人生日的宴会,他一人跑上楼来找他的幼子谈天,那长子长媳也跟踪而来,被他一一赶走了。他自知病势不轻,很想与自己所爱的儿子讲些心事,并把大半遗产留给他。他想不到与自己的儿子谈话时,竟是驴唇不对马嘴,两个人后来甚至吵起来。他的幼子因他批评到他死去的爱友(他平常最恨人提起),他大怒之下,便忍心地告诉他父亲,他患的是不治的癌病。老头儿悲从中来,B方自觉太残忍了。父子后来互相道歉,稍微说了点心事,但家人不断地来搅扰。最后一幕(据说这一幕是纽约大戏院要威连士改写的)是老头儿肚痛,而长媳公然来B的房间讥讽弟妇不能生育,且明说她丈夫永远不与她同寝,B的太太也不让她,她当众宣布她已有了孕。她的婆婆因长子长媳专要争家产,太过露骨地欺人,所以她也格外对幼子之妇同情。后来B因妻子把酒收了,并怜妻受气,对她的要求同居也不表示反对了。最后一场,几个批评都觉得对深刻的全剧,未免有如白璧之玷。

这剧上演后,批评的报道很不少,但是大多数都注意谈论同性恋爱问题,也有几篇不满最后一场的。

笔者对前一个说法,觉得题目未免认错,后一个批评我觉得很公允。为了要明白威连士写此剧的动机,我急急找这个《在烫的洋铁屋顶上的猫》剧本读了一遍,书的《前序》写作 Person-To-Person 就是著者以此代序。他说出人与人怎样难于相知,虽然我们彼此讲话,彼此写信,彼此打电话,甚至隔了高山,隔了大海打长途电话。有些人甚至因了误解,彼此互相斗争甚至毁灭了对方也在所不惜。但是对方完了,彼此还是不能了解。这一道不了解的墙永远隔绝了我们大家。这正如剧中一个主角说的"我们生来就被注定永远受孤独的罪"。

威连士解释(在序里)他是怎样想得他的观众了解他所要说的, 数月前他在一个剧本前面写了一个长序,第一句他说"我要说的话太多了,无奈时间永远不够用,我的精力也不够吧……"他继续地讲下去,事实上他就是要去看戏的人明白他的戏的原意。因为他是很努力地把自己所知道多一点或清楚一点的事情传达给观众;

不过他不知能传达到多少成分,因为他的周围与观众的世界都不相同,不过他觉得他对观众——一些向不相识的人,他讲话容易些,他对坐在戏院池子及楼上包厢里的人比坐在他餐桌对面的人容易讲话些。……他最怕谈应酬的话,但是社会上的人都对那些话感兴趣,常常有说有笑地说个没完。在序中他说:"现在,我还要继续地对你们(指观众与读者)谈下去,自由自在地谈:使我们的生与使我们的死的种种世相,若是你觉得我认识的比你所认识的人多一些。"

读过威连士的这一篇序言,我们至少会明白他这个剧本的苦心孤诣了。他似奥尼尔一样,不肯写"人云亦云"的剧本,"语不惊人"他是不要写的。据笔者所想,威连士此剧是借这些苦恼而平凡的人物,来传达人与人之间的阻隔与距离的情况,第一幕一对年轻夫妇,在舒适环境之中,且两人均无外遇,只因二人彼此无法了解,故感到十分苦恼。年轻的丈夫终日借酒忘世,而年轻的妻子,想尽方法使他对她稍有情感,俾享受家庭之乐亦不可能。(这个角色是一个有名戏子 Kim Staney 饰,她对丈夫说了二三十分钟话,他听而不闻地只答两三句,但她仍旧讲下去。她的语调很不易作,心中苦恼而又装作献媚态度。)第二幕父与子之间的隔膜,自觉病态严重的年老富翁,避了宾客亲戚跑上楼来想找钟爱的小儿子谈心,不想二人谈不到几句,便争吵起来,本来他想说服儿子不要长日喝酒,并且告诉他将遗产二万八千亩肥田地给他管理,儿子并不接受,他表示对世事一切都无兴趣。老头子极怒,说出他因爱友之死变成这样一个枯木死灰的人,儿子亦大怒,直告其父他的医生报告现在他犯的是不治的癌疾。看这一幕,不懂威连士用意的人,以为写得太过,以为这个儿子颓丧也不至变得如此残忍,但是我们若想一想两个不了解的人,什么残忍事做不出来?朋友,父子,夫妇都不会例外的。这第二幕的对白,非常精彩,且此幕最长,识者均以为光有第二幕就是一篇杰作,也是一个了不得的独幕剧。笔者限于篇幅,此处不便再引了。

西班牙一位诗人说得好,"人在投胎之前就被注定了罪的",他说每个人面上都蒙着一层网,连他自己也往往无法揭开。人是怕寂寞的动物,而人的寂寞牢狱永远打不破。这是生下来就被关在里面的。

梅特林克说有人告诉过他,"我和我的妹妹同住二十年之久,直到我的母亲临死时,我才真的第一次看见她"。这也可以说明在我们至相亲者中间,心灵是不可能互相渗透。平日我们在我们周围的许多"相识"的人,我们其实何尝真的"相识"他们,他们又何尝"相识"我们?惠子问庄子:"子非鱼,安知鱼之乐?"庄子反问他:"子非我,安知我不知鱼之乐?"这是自古相传下来明哲的对话。这也说明人与人是永远无法彻底彼此了解的。每个人生下来都住在他自己的星球,长电波与短电波都不能传达他们彼此的消息。平常人明白这一点,就说"隔层肚皮隔层山",他们绝不自找麻烦去开山掘路;多感的诗人才会愀然地拿起锄头想做"移山"工作,等他发现自己傻得像古时的愚公就更加倍地苦闷。

《在烫的洋铁屋顶上的猫》我想该认作为"诗剧"上演,这次伦敦的批评,不少人认为这是一个关于同性恋爱问题的戏,未免有点误解威连士本意了。

Noel Coward 的 *Nude With Violin*,也是一个流行讥讽摩登艺术的戏,他的一贯作风原是漂亮愉快,看了这戏或可比作酷暑时吃一杯冰冻啤酒,既解渴又舒服。还有 Jean Anoulh 的 *The Waltz of The Toreadors*,这是法文翻译过来的,安路易原是近代名剧家之一,但是这出戏,我看不出什么了不得的立意,这只是出普通法国中等人家欣赏的夫妻男女问题的戏,演的班子也很平平。

我现在还陆续地买了三张名剧的戏票,如果时间许可,我还继续写我的介绍剧评,好的戏剧既能滋养我们的想象力,且丰富我们的精神生活,光凭这一个理由,我们对今日的戏剧,实在不该抱冷淡态度,尤其是一般知识阶级。

一九五八年二月于伦敦

原载一九六三年三月新加坡星洲世界书局有限公司初版凌叔华散文集《爱山庐梦影》

我们怎样看中国画

　　平常我们拿一幅中国画来让人看,有人一看也许就觉得很好,可是你问他好处在哪里,他除了说清雅与不容易画到这样泛泛不着边际的话外,再也说不出所以然来。有些人觉得看中国画,一次便够了,客气地告诉你,他实在不懂,不客气的便说,中国画没多少道理,一点不像真东西。

　　这是不能怪一般人对中国画的常识如此缺乏的,其实中国讲到画理的书籍,文字大都是晦涩玄奥,普通人不易看懂,于是有人看中国画只是文人墨客的闲情消遣或是与医卜星相一流走江湖的法宝差不多。近世玩古董的有人出钱买古画，于是仿古画的便应运而生，清末此风最盛。民国以来，因为八大山人、石涛、吴昌硕一流的画体最得日本人及欧洲人称许且买得很多，有一些画家便一变而为石涛八大缶庐的忠实信徒了。近来一般艺术学生才画了几月画，用大笔偶然模仿了八大或缶庐的一片荷叶或一朵牡丹，居然可以乱真，骗了几个钱或为庸俗惊许，便以为自己真的不凡了。开画会，作文章，互相标榜，或定高价润例，抬出几个大人物来介绍，于是画家便满坑满谷了。成功者常常目空一切，睥睨古人，失败者便转而鄙薄绘画，社会却极其漠视。

难道中国绘画真的这样没什么道理吗？绝不会。我们只翻史书就可相信它有它的光荣过去。譬如在南齐时谢赫已定六法，千年以后，还可作为品评绘画的金科玉律。现在唐画虽不可多见，宋元人的作品，今日研究艺术的人见了还是一样点头倾服。可见绘画的没落，只是后人没出息罢了。

闲话不叙，现在让我们把中国画的要点约略说一说吧。

(一)气韵与形似：中国画最重要的可说是气韵了，形似倒不很重要。什么是气韵？譬如有两幅竹，一幅是写生的,枝叶色泽都十分像真。一幅只寥寥几笔,并不十分像眼前真物,可是只要你看下去,你会觉到竹的秀挺飘逸气息如在目前。再说画人物吧。为什么钱选(元人)画的唐明皇杨贵妃的并笛图那样名贵呢?还不是因为这画家能抓着这两个历史人物最精彩的一幕!唐明皇是一个擅长音律、梨园子弟都得经他指点的风流天子,杨贵妃是个能歌善舞,"尽日君王看不足"的色艺双绝的佳人,这两个人在一起并笛教舞是多么艳绝人寰的事。钱选画的是明皇与贵妃共弄一笛,旁边有宫女打板,太监起舞。全幅画彼此呼应的动作中,各人的神情动作跃然纸上,确使人感到这风流韵事,只有明皇与玉环方配做,其他调色与线条的美都还是余事。这比画多少幅杨贵妃的图像有意思多了吧?这种得气韵的画正合韩拙(宋代)说的:"凡用笔先求气韵,次采体要,然后精思。"

如果李太白坐好了让人画像,结果一定没有梁楷画的《太白行吟图》(日本审美书院印行的《支那名画集》)疏疏几笔的李太白像,梁楷的疏疏几笔已画出一个才气纵横、睥睨古今的大诗人来了。他穿着大袍子,摸着须,眼望着天,大踏步地走着,这是一个多好的无羁无泥的才人写照!

气韵生动在人物上较易看得出，在山水上，其实也不外乎此理。譬如倪云林（瓒，元人）这样一个天资卓绝而又能摆脱尘俗的人，他画的意境，也常具萧然物外情趣的。他的画常是一处山不崇高、水不涓媚的平常野外景致，疏落的几株秋树，两三枝竹子，掩映着一间屋或一个亭子。没有一个人或一只鸟，静到似乎一片落叶你都可以听得见。在这平澹萧飒的情调里，使人自然悠然意远。这正同读陶潜的"采菊东篱下，悠然见南山"的诗，味儿差不多。你可以恍然见到这一双同格调不同时代的高人了。云林自己论画云："仆之所谓画者，不过逸笔草草，不求形似，聊以自娱。"又论画竹云："余画竹聊以写胸中逸气耳，岂复较其是非。"他的画是完全寄托他自己，所以下笔便"气逸神全"，绝非俗子可以模拟。这种气韵在画上属最高的一格，不可模拟。

可是我们不要想气韵全凭自然得来，宋画家作山水还有许多讲究，怎样冥神潜思，游心自然，经过多少功夫方始构图，那种画的魄力伟大，气韵天成，在宋画里常见得到（此种功夫留在后面说）。清张庚浦说的"气韵有发于墨者，有发于笔者。有发于意者，有发于无意者。发于无意者为上，发于意者次之，发于笔者又次之，发于墨者最下矣",他的话拿来看普通画很好,拿来看宋元的精心杰作,就微嫌把绘画的艺术看得太简单了。

就形似论,中国画的意思,可用苏东坡的诗"论画以形似,见与儿童邻,作诗必此诗,定知非诗人"说明。本来绘画与诗,都是表演至高艺术的工具。形存神亡既不成诗,绘画亦不外乎此理。

(二)布局:布局,在中国画上是很注重的。唐王维曾说"凡画山水,意在笔先";宋李成又说"凡画山水,先立宾主之位,次定远近之形,然后穿凿景物,摆布高低";郭熙(宋代)又说,"画山水有体,铺舒为弘图而无余,消缩为小景而不少"。布局的道理,已由这三个大师在多少年前便规定下了。后人多少有引申敷陈此说的,例如王原祁《西窗漫笔》说得顶清楚:

> 意在笔先,在画中要诀,作画者于搦管时须要安闲恬适,扫监俗场,点对素幅,凝神静气,看高下,审左右,幅内幅外,来路去路,胸有成竹,然后濡毫吮墨,先定气势,次分间架,次布疏密,次别浓淡,其为淋漓尽致无疑矣。若毫无定见,利名心急,惟求悦人,布立树石,逐块

堆砌，扭捏满纸，意味索然，便为俗手。

王麓台(原祁)为清初四王中画家兼学者的一人，他的议论，可针砭二百年后的画人。

宋时对于绘画的态度是非常严谨的。《南宋画院录》上载："宋画院众工必先呈稿，然后上真，所画山水人物草木鸟兽，种种臻妙。"于此可见宋时对于布局是怎样看重了。平时画家作一幅画也非常认真。郭思(郭熙子)在他父亲的《林泉高致》的画上跋的一段，很是动人。他说常见他父亲作一二图，总是先把纸摆着看一二十日不下笔，等到落笔之日，必是窗明几净，焚香左右，洗手涤砚，这样方觉神闲气定，像会见重要宾客一样慎重，然后动笔。郭熙在当时便很有名，作画还这样认真。他的画，魄力宏壮，不是没有原因的吧？

宋画院的考试，差不多都是以"意在笔先"为重，例如出"野渡无人舟自横"诗句，许多人画荒凉的野渡，一只小船泊着不合格。唯有一张画一只小船泊在野渡头，有一只鸟立在船头的考取。因为这只鸟把无人两字充分画出来了。

常有人不满意中国画的布局，尤奇怪山水的画法。

譬如一个中画家与一个西画家各画一幅风景。西画家画成常是一面近山，一堆秋树与一片江水。中画家就画出层层的峰峦，中隔缥缈的云烟，下有萧飒的秋木。或者山上有江，江上有山，别有天地。我们不能说谁的对，谁的不对，这是因为透视不同罢了。中国画为什么与西方的不同？它也有它的道理。

中国画最高的目标，便是要"画尽意在"。讲到画品亦以神品逸品为尚，能品最次。能够把目前的景物图形画下来，只可能称能品而已。因为画家都能诗书，故中国画皆有苏子瞻说王维的"诗中有画，画中有诗"的风气。例如杜牧一首很美的诗："远上寒山石径斜，白云生处有人家，停车坐爱枫林晚，霜叶红于二月花。"如用西法画，这幅就不易看到远上寒山的石径怎样斜，白云深处的人家或看不见了。中国画可以参酌己意，画出缥缈的白云，团团拥着山石嶙峋的峰峦；一条斜曲的小径，遥遥地接着云深的人家去。底下秋叶霜林即有白云的衬托，红得比春天的花还鲜艳了。这只是一个简明的例子，说明中画怎样看重诗情画意（西画当然也有注重这一方的，不过看法不同）。若把历来的诗画的关系说清楚了，还得另有一篇长文章。

(三)用笔用墨:我们既然用了一二千年的笔墨,特别讲求笔墨也是当然的事了。我们平常看画为什么说这幅用笔好,那幅墨色差呢? 怎么叫用笔,我们可以用张彦远(唐人)的话解说。他说:"象物必在表似,形似须全其骨气。骨气形似皆本于立意而归乎用笔。"这也就是说虽有物意,用笔若差也不成画,可见用笔在画上也是很重要的。郭若虚(宋)说顾恺之的用笔是"坚劲连绵,循环超忽,调格逸易,风趋电疾,意存笔先,画尽意在,所以全神"。这是说他的用笔好处,该快处快,该缓处缓,没有一笔不接气的,先定了意下笔便能传神了。看顾恺之现存的《女史箴》及《班姬图》的衣褶线条便可明白郭说,他的好处在哪里了。

因为我们一样用毛笔写字作画,所以画法同书法很有相同的地方。唐时张彦远便说"工画者多善书",又说吴道玄独传笔法给张旭(宋郭若虚《图画见闻志》),张旭是草书大师,这样更证明书画法相同了。赵孟𫖳是大书画家,他自题石竹诗曰:"石如飞白木如籀,写法还于八法中,若是有人能会此,方知书画本来同。"

用墨比用笔也许难懂一些。可是用墨好的画,一看便令人觉得神趣盎然,烟云宕荡,如浮纸上,峰峦苍润,深浸纸背了。可是也有例外,李成一代大师,他的画却是惜墨如金(他的《寒林图》最有名),这是说用墨很省。王洽也是名传今古的人,却非泼墨不能成画。董其昌对此说得很好,他说,学画的人在六法三品上常想到"惜墨""泼墨"两义,这就差不多了。

(四)画题及落款:这是中国画的特点。看惯西洋画的人,也许觉得一幅好好的画,写上许多字,很不自然,可是在看惯中国画的人,就觉得有那一片字有意思多了。《芥子园画传》说,元以前多不题画,写年月名字,都在石隙或画角不明显的地方。元代倪云林辈以为画是写胸中逸气,聊以自娱的东西,又因自己诗书画都来得,往往画成之后,兴有未尽,意或未达,题上一些东西,方才放笔。尝见小万柳堂藏的云林画,上面只有疏疏的三四株树、一片远山,下面是并不崎岖的山地,别的一点儿没有,可是一念他的诗:"遥山掩映溪纹绿,萝屋萧然依古木,篮舆不到五侯家,只在山椒与泉曲。"就更明白他的画了。他一生不求闻达,财帛散于乡里,自己一人乘了一只小船,遨游山水过了一生。他的画品诗格书法都是清绝人寰的,有画无诗,看画的人会觉得是憾事。此外诗书画三绝的画家还有不少,明清两代尤多。

现在再举两三例:像徐青藤的画———一坛酒、一枝红梅,送人婚礼,上题"才子佳人信有之",这比没字有意思不是? 改七芗题他的墨花诗:"街头扑面买花儿,正是阴晴谷雨时,十指浓香收不住,乱翻泼墨作胭脂。"看了此诗,我们方知道这诗人如何被春天撩拨,技痒得很,没有胭脂,便泼墨代替。这种描摹情思是多么巧妙。戴醇士画的一幅湖景,隔着粉墙露出一所水榭,高卷着竹帘,下面是几曲红栏,远远有一小亭,在连天的青碧荷叶中。这是一种如何静美的意境?可是你多看了会觉得这美中有点愿望,这画家替人说出来了:上题"翠帘高卷红栏低亚那人何处",看完了这幅画题,似乎令人走到画图里去,真的觉得红栏上适才有个妙人儿倚过,令人还想她出来呢。陈师曾写杨诚斋诗意画蜻蜓莲叶,如无上面的题诗句"小荷才露尖尖角,早有蜻蜓立上头",便没有意思了。

(五)士大夫画家与文人画:说到题画就可以思考怎样是士大夫画与文人画了。董其昌在《画禅随笔》说:"文人之画,自王右丞始。其后董源巨然李成范宽为嫡子,李龙眠朱南宫皆以董巨得来,至元四大家黄王倪吴皆其正传,吾朝文沈则远接衣钵。"由这几个代表士大夫画的作品看来,我们可以明白士大夫画与现代所称的文人画大

114

有分别(董巨李范以至文沈的真迹现俱藏在故宫博物院及古物陈列所)。由明至清，一班附庸风雅之徒，以为不入画格，不求形似，东涂西抹，都可称为士大夫画。大家居然弄成一种风气，当时却气坏了一个真的士大夫画家，戴醇士在《画絮录》上说了又说："如若真想作士大夫画，求其所以为士大夫者。"这句话给士大夫画下了一个很好的定义。

像石涛，郑板桥，徐青藤，八大山人等作品都可以代表很好的文人画。他们都是诗书画三绝的才人，故能不求形似，不拘体格，却另有妙趣，这是学不来的。最近文人画家如吴昌硕、陈师曾辈，据他们自说都曾由书画入门的途径走过，二人都在六书上做过苦功，他们的成就是有缘故的。

有人以为中国画专在临摹上用功夫，这是不大对的。当然临摹在绘画上可以锻炼笔墨，增加技巧与见识，不过这只能说是一部分的工作。西洋画家也常有临摹拉斐儿的圣母像的，不是吗？宋元画家，多有专长，如李成的寒林，米芾的云山，黄大痴的峰峦峻秀、草木华滋，倪云林的平远疏澹、萧然物外，都是各具一格，非模仿可得。花卉似乎不易精一的了，可是赵子固的水仙，管仲姬的墨竹,金冬心的梅花,千百年中,无人可以比拟。我看专精一样,是中画家的特点,也是艺术家应走的最正确途径了。明末清初,画人耽于逸乐,不肯发奋有为,动辄模拟古人,石涛独耻之,他说这是令人永远不能出人头地的下策。他很痛心地骂了当时的人,哪知数百年后,更有不少取巧投机之辈,存心借重,自甘永不出头地做他的门徒呢?

中国画在唐宋二代,是充分发育时期,山水画的深造,尤使人敬佩。唐宋人对于自然与人生最高的理想,都在山水上实现了。郭熙本其自身经验,定出四个阶级,以把握山水的美,这四级为"所养扩充,所觉淳熟,所聚众多,所取精神",现在追求形而上学问的实在,或一切人文的终极,都得经此四级,可是在千年前,郭熙已经见到了。

这短短的文,只是想说明中国画的一些特点,或一点常识罢了。今日有心人对于固有的文化都要重新估一估价,绘画也不例外吧。

原载一九六三年三月新加坡星洲世界书局有限公司初版凌叔华散文集《爱山庐梦影》

116

二十世纪的中国艺术

近一二十年来，欧美出版界，忽然增加了若干报道中国的书，它的范围：文学、艺术、哲学、政治、社会科学以至于自然科学，应有尽有，蔚然大观。但是，只要有一个中国学人，认真地去分析一下，很少人不摇头叹息的，他们大都不免会这样说："惭愧，光这样材料，也可以写一本书吗？"

从前西方人写的关于中国事物的书，除了很少数成品有格的书外，其余多半是一些退休的传教士或外交官，他们搜集了一些中国材料，以为回国后暮年追忆与消遣而写成的。这类书，思想与材料虽然不甚丰富，报道也嫌多是一知半解，可是大体还算是经心经意之作，读之虽无深味，却也不会令人有反感。近十几年出的书就大不同了，除了少数为大学生(为了挑冷门学问研究的人)写的，余者多为一些走马观花的记者游客、一些羁留异域的无业文人，或是一些受了宣传部门津贴而活下来的人所写。这类"著书多为稻粱谋"的作品，我们本来不该苛求什么：他们的所知既未扎根，所述当然也有限了。在欧美坊间，遇到这类书，我们也只好叹息洛阳纸贱罢了！

据说一九三六年林语堂的《吾国吾民》出版后，风行欧美，每本价数元美金，林氏骤获多金，即衣锦还乡，士林闻风，称羡不已。丁西林本与林氏相识，见面时丁说："你写了一本很成功的书哪！"(英文 Successful 义为成功，另一义则为"得法""挣钱")林有点得意即答："只是为洋人看看的。"丁又说："你出卖《吾国吾民》得了不少钱吧?"这妙语双关，一时传遍了士林，都佩服丁的"俏皮话"说得好。

话说回来，我们用西方文写书是不是应该以迎合西方人胃口为第一要义呢?反过来说西方人用中文写书也该以东方人的嗜好为主吧?不少人以为若是用西文写而不迎合西洋人的胃口,那种书一定没有销路。这话不能说没有道理,不过我们可以"因噎废食"吗? 我们就该专找西方人喜欢看的材料写吗?过去的书中国男人多是吃大烟带小辫子,女子缠足与夫死绝食的情况。这种书近年已渐绝迹,因为交通进步,世界距离日短,环游世界只用十日、八日,"八十天"是古话了。旅行的频繁,世界稀奇事物也日渐变为不稀奇。因此怪诞的书也日行减少了,虽然也有一些投机作家,捏造了一些动人故事出书应市。假使文笔特别的还可以支持一时,否则书店也不耐烦多摆了。总之,《吾国吾民》及赛珍珠的《大地》时代已成过去,现在再有同样的书写出来,也不会有畅销希望了。像林语堂那样聪明作家早去写苏东坡传或武则天传,因为从古代历史及文学史一类找材料是绝不会落空的,拿现代做主题,已不是他们能胜任的了。赛珍珠近年来写的关于中国的书,她的人物多半像"无锡泥人,虚有其表"了。

直到最近, 我才读到一本真正报道中国现代的书,这本书名《二十世纪的中国艺术》,作者为迈可苏立文先生(马来亚大学博物馆主任),英国 Faber and Faber 于一九五九年出版。这本虽然是讲论现代中国艺术的书,

119

但是它是用亲切笔调描写的,读来令人想到一个老友的通信,光看书名,就可知道是一本稀有的书了。坊间关于中国的西文书籍,除了政治报道的以外,有几本说到现在中国的呢?中国艺术史之类,由殷周起头,到清初即打住,不但西方如此,即中国人近年写的似乎也没有把这个时期的艺术正经研究过。近代我们既然知道艺术可以代表一个民族的泛滥的情感而又足说明一个时代的精神,它是不偏不倚的表现,因为它并不脱于思想与政治,由此点看来,我们似乎对这本书的意义更应看重了。

《二十世纪的中国艺术》共分五章,计有(一)中国的再生,(二)传统的中国绘画,(三)现代艺术运动,(四)写实派运动,(五)过渡时代。著者虽然用很平凡的题目做每章标题,但是因为他搜集材料时,细大不遗,对东西艺术的史实的运用既纯熟又灵活,故这本虽是讲艺术的书,对于未曾研究过艺术的人读之也会觉得有触类旁通趣味横生之妙。提到中国画,不论是古是今,著者熟悉得如数家珍,且均能用现代语言及西方术语来解释,提到东方或西方艺术掌故,著者似乎根本忘记他是西方人了。他很自然地原原本本叙述起来,这是在西方很少有的一种可贵的修养。例如他叙述最初西方艺术被介绍到东方来而失败一节,溯源于一八七八年,东京帝国大学请了哈佛大学教授 E. E.Fenellosa 来讲西洋艺术, 谁知这位学者在短期内即爱上了日本绘画,于是他公开地向学生说,他认为没有一种西方的艺术可以有日本古代艺术那样高尚伟大的贡献了。日本艺术是绝对不容忽略的。这些话是由一个西方艺术批评的权威说出来,同时也很提高了日本人的自尊心。于是帝大的西画部即行停办,直到九年以后才重行开学。在同时欧洲方面印象派的大师如马南、梵各克、哥根、马谛斯以及英国的卫索拉等都衷心爱好日本画, 他们在画上常常表现日本作风或画一些日本事物在上面。梵各克且画了日本样的朱红印章作为他的签名 (西方认识中国画的价值则远在故宫博物院送书画古董去伦敦展览之后, 那是一九三六年了)。

　　苏立文先生不但对于中西画如数家珍,他认识中国近代的画家之深度也可算首屈一指了。这里说的认识不光是相识,而且是知道他们画风的亲切详细,真令人钦佩,怪不得英国的文艺批评的权威锐德 H.Read 先生在序里说苏立文先生 "不但是个敏感的学者而且是一个学者的批评家"了,锐德先生也很敬佩著者如何叙述中国的"骨法用笔"怎样增加抽象的生动与美,这与现代西方所发现的 Action-painting(气力的绘画)原理一样。他说这是西方艺术走来东方与中国古代抽象画派会合了。

苏立文先生很聪明地指出中国绘画理论是如何深奥宽大的,他说他们古来就有各种各派的画家。每个画家且以为能画各种各派的画为光荣。他们画题贵贱不拘,大小无别。龙虎可画,老鼠破樽也可画。不像西方文艺复兴以前只要画宗教画及人像,到了近代梵各克方始发现原来椅子及破鞋均有性格亦可入画。所以时代只管变,中国绘画不必跟着变。这是中国艺术家的独具慧眼,他们早于一二千年前就看到了今日的风尚了。

说到现代中国艺术时,著者也很公允地评论。他认为中国画家当前的课题是在找寻新的形象,以前为"诗画"所占有的主题,已经不适合现代了。在现代的中国,一切历史都要重新加以解释,但对于宗教并不像其他东方国家那样有成见。他们把佛教绘画作为汉族伟大的成就;对于绘画音乐,也认为是教导民众的利器,这当属于人民的,大家均应保护。著者对于中国艺术的将来是乐观的。

以上所写不过择要介绍一点，读者如果对于东方现代艺术的进展及原理有兴趣，或者对于现代东方一个大民族的精神想认识清楚，苏立文先生这一本书是值得细读的。据笔者所知不但西方这样的书现在没有第二本，在中国也恐怕没有。因为著者用现代人的眼光口吻描述与批评，融汇古今中西的文化于一炉，而读者读时毫无阻碍地得到领悟乐趣，很少书能有这种力量的。

二十世纪的西方，大家都致力于外在的生活，因为这个时代发现了原子动力并予利用，发明了超音速飞机，还有人造火箭试验成功，人类旅行太空只是最近将来的问题而已。凡此种种惊奇发现已经压倒古来的神话了。现代的人是比古来鬼神英雄都伟大多了。可是人类快活满足了吗？相反的，现代的人倒反而觉得异常地空虚苦闷。因为外在生活太过强盛，人的内在生活愈来愈枯燥贫乏了。同时他也在发现物质问题之外，还有许许多多的问题根本不能借物力解决的：例如民族与民族之间的关系，心与物的关系。宗教现在既不能说服年轻人，精神空虚，亦无处申诉了。这是在近代西方的艺术上时常表现严重的形象，西方有心人看到了艺术上表现的肢体不完、非人非鬼的形象,像毕加索大师等所画的人像以及有手有脚却无心胸,头部特为缩小,有如雕刻家亨利模亚的塑像,那是多么难过啊。然而这是西方物质文明收获的果实,也是这个时代的精神。

回看东方,物质文明,较之西方,只走慢了几步。在二十世纪初期,中国因国势日衰,因而特别崇拜西方的科学进步,在五四运动前后,甚至有些学者公然提倡全盘西化,幸而这些说法没有侵进艺术园地。中国艺术家本性宽大,不分党派,西方艺术介绍东来,也只因各人自由选择分庭抗礼,中西派画家大都抱"河水不犯井水"态度,也就相安无事,各得其所了。各大城的美专,中西画科同时并存,完全任凭学生自由选择。久之,学生画出来的连自己也分不清到底是属西画或中画,如庞薰琴的画,在重庆全国画展时,选画人便曾大费思量了(此事见苏立文书中)。

中国艺术家既是宽大为怀,只问收获,不存门户之见的,所以数千年来已经造成一条平坦大路,让我们爱好艺术的人走进。大家既有健康的精神,工作该是愉快的,进步也应是高速度的。作者想到这里时,更加乐于介绍这本一九五九年不朽的书。同时愿借这本书增加汉族

124

人的自信心。同时希望汉族人要明白我们祖宗文化遗产不光存在于书本中，更不专是一些深奥难解的古文字，在文字之外，艺术是一份更加可爱的遗产。

　　原载一九六三年三月新加坡星洲世界书局初版凌叔华散文集《爱山庐梦影》

新诗的未来

近来因为新诗销路的不景气,有些有心人未免疑虑起来。

新诗有没有前途呢？答复的人(暂以读报章的人为限)大约可分二种:(一)不会有什么前途了吧？我就不懂,为什么那么白话连篇没有押韵的东西,也可以算作诗。谁也不要念它;(二)年轻人喜欢新诗,有了读者就不怕没有前途了。

这两种答案,都不足拿来预测新诗的未来,因为:(一)只是一般"重古而贱今"完全不懂新诗的人说的。(二)观察目前现实情形下的判语,对新诗一向不求甚解的人说的。这两种人都没有破坏与拥护的决心,不过他们说的话倒很可以代表一般人对新诗的观感。

另有一种攻击新诗的人,可惜他们的理由仍然同四十年前一样搔不着痒处。他们还在说新诗没有押韵,没有平仄,也没有音节,诗只是分行写的散文罢了。

章太炎约在三十四五年前讲演国学时说新诗(白话自由诗)不能算是诗,因为它没有韵律。这似是而非的道理倒也继续传布了许多年,初时也有些人反驳,后来新文学运动成功了,新诗随着也走运一时,但以后新诗的进步,完全赶不上小说散文。到了近年新诗也"自惭形秽"地躲起来。写新诗的人常叹新诗没有行市,而当年参加五四运动的青年,不少人已白了头了,他们有些已经爱上旧诗的典雅易写,公开地发表他们五七言绝句与律诗。社会上的人便也认为到底古诗伟大,新诗已经投降了。于是新诗日走下坡路,有时且被人"落井下石",活活地要淹死它。

我们并不否认好的旧诗实有它的伟大之处,但是把新诗过分地贬值,我们似乎也应该抗议。我们敢说人们攻击新诗的话,只是老调重弹,简直没有多少道理;尤其是说新诗没有音节的人,他们自己也许根本不会懂什么是音节吧!

什么是音节呢?音节其实没有什么难懂,不幸被一些似通非通的人曲解了。俗话说:"北京的哈叭狗叫起来都带二簧腔儿。"这并不是说北京哈叭狗唱二簧,意思只是指明连北京的哈叭狗叫唤起来都有二簧音节(当然只是说北京人怎样喜欢唱戏,连狗也吠得有音节),他处的狗——如果是住在常有人歌唱或奏乐的地方,它们也会渲染上另一种叫唤音节,也有它们自己的音节。古琴家杨师伯(《琴镜》八巨册的著者)往年在北京为古乐辩护说:"鸡鸣狗吠都有音节。那些不懂古乐的人不怪自己耳朵跟不上古琴,却来说古琴没有音节。"同样,我们也曾听见过不懂西洋音乐的人竟会批评贝多芬有名的《西风尼》大曲为吵闹死人。西方人不懂中国京戏的亦说中国胡琴大鼓吵得要命。总之,吃惯咖啡、不懂得雨前龙井清茶淡味的人,最好不希望他欣赏这名贵的茶,中国的乡下人也一定不会爱喝城市的咖啡的。我们的欣赏或批评能力,常会被习惯或感情所左右,尤其是对于具有艺术性的东西。

爱好旧诗的人,常以为旧诗里有平仄,吟哦起来悦耳,那就是音节。这其实只是一种似是而非的道理。我们试诵古诗"相见日已远,衣带日已缓,浮云蔽白日,游子不顾返",我们念起来,它的音节多么嘹亮,但是若用平仄写出来,又是何等呆板。

平仄仄仄仄　　平仄仄仄仄
平平仄仄仄　　平仄仄仄仄

看了以上平仄的表现,我们就该明白什么是平仄,什么是音节了吧。

至于说新诗没有押韵,所以不能算诗的道理,更是幼稚。我记起一个笑话,也可以解释光靠押韵是多么可笑。这故事如下:昔有一人,闲游寺院,其欲题诗壁上,以广流传,苦思甚久,卒成数句如下:"走进灵官庙,看见灵官菩,手拿一条鞭,脚蹈一只乎。"菩字底下,应有一萨字,方有意义,但因不合五言诗句而略之,乎字下有注解云:"乎,虎声也。"后有人见此,添了二句:"如此作诗人,放他狗臭匍。"下面也加注云"匍,屁声也"。

话说回来,我们倒不必担心新诗有无平仄,是否算诗,目下要讨论的倒是我们应怎样接受未来的新诗吧。

在科学日新月异的今日,无论哪一门学问,它的进展有如鸟飞空中,不继续飞就得落下来了,万无停歇半空之理。新诗的无端衰落,也就为此。但是近年国人对于音韵学及语法研究的进步,多有空前的成绩,我们可以推测,未来的新诗,将是光芒万丈的。诗是文艺里最注重实用这两门学问的,不是吗?

笔者个人对新诗乐观的原因,说来话长,先就简单的数点,分别说一下。

(一)就中国过去的诗体看来,我们可以预期新诗的未来,成就一定比哪一代的诗都大。因为过去的旧诗,多限于几言一行,如先有三言四言,后有五言七言,随后又有五律七律。因为每行限字,就加上许多限制,除了训练有素或天才横溢的诗人,未有不觉得为无形枷锁所困扰的,因此以至失去新鲜活泼趣味也是常有。

新诗既可用白话写,心里想什么就写什么,又不必拘于字数行数,以及韵脚种种。形体既完全解放了,诗人可以感到海阔天空的自由,写出作品,当然格外有新鲜活泼的姿采。

中国人最大的毛病,自古以来都是"重古而贱今"的,尤以读书人为甚。讲到最理想的政治制度,必是禹汤文武;讲到最快活的大众,必是无怀氏之民或葛天氏

130

之民。连孔子那样聪明绝世的人，还要常常自认"好古敏以求之"，且也常以"梦见周公"为荣。但是，世上什么东西过了时日会不变旧的呢？岁月过去了，无论如何崭新物事也会变旧，所以我们今日好古的人所重视的七言诗体，其实在两汉魏晋时，也曾被当时好古的人们轻视过。这也是因为当时的七言诗是一种新兴诗体，也曾被大众爱用，但因它不是"古已有之"的体裁，就不能登大雅之堂而已。这种情形与今日的新诗相似。

七言原来是早在两汉产生的新诗体，不过当时只有少数好奇趋新的人，将它采用。一般人对这种新诗体，颇为歧视，不肯认它是诗类。例如汉书《东平宪王苍传》诏告中傅封上苍"自建武以来章奏及所作书记，赋颂，七言别字，歌诗……"又在《张衡传》云"所著诗、赋、铭、七言，凡三十二篇"。凡此皆在诗歌之场，别著"七言"，可见七言未被列为诗歌了。又傅玄批评张衡《四愁诗》(七言体)为"体小而俗"。其实论文字《四愁诗》不但不能说俗，在今日讲，可算是十分古雅有诗意的，大约只因用七言体而已。傅玄自己也做七言诗，对于七言，尚如此歧视，亦可见当时的风气了。

歧视七言体，不只是两汉魏晋如此，到了南北朝也还如此。宋汤惠休是做七言诗的,颜延之便说他的制作是"委巷中歌谣耳";鲍照也是做七言诗的,颜延之也就将他归到惠休一类。后来《文心雕龙》和《诗品》的作者,都不把七言看在眼中,钟嵘评鲍照的诗说"颇伤清雅之调"。

大家开始承认七言是诗歌,当在陈隋以后了。姚旦廉的《陈书·江总传》:"少好学,能属文,于五言七言尤善。"在这时候方始把七言列到五言一起,不过其他崇古的人还觉得七言的地位比五言低得多,如李白就曾说过:"兴寄深微,五言不如四言,七言又其靡也。"

其实五言和七言,起初都一样的是"委巷中歌谣体",东汉时文人已经采用这两种做诗了。但是因乐府那时所收的歌谣皆是五言体,没有一首七言的,所以七言就被人歧视了。五言歌谣经乐府采用之后,便有音乐帮助传播于国内各部。故到了魏晋,五言已升格为诗歌正体。

七言的《燕歌行》是曹丕做的,是收入乐府的第一首,大约还是因曹氏地位的关系。

其实七言很早即为文人及民间所爱好,司马相如的《凡将篇》既是七言的字书,也是口诀体,很是通俗。后来元帝令史游仿《凡将篇》书《急就篇》大部分也用七言,这是教童蒙的,所以也用七言体,为的是易于记诵。同时道书中《黄庭经》亦用七言韵语,此外各种器铭镌辞,亦多有七言者,如东汉的尚方镜铭,其辞颇有幽默的意味:"尚方作镜真大好,上有仙人不知老……"

两汉品评人物时,盛行用七言句,西汉有"关西夫子杨伯起",东汉有"天下模楷李元礼,不畏强御陈仲举……"据说这种评语出之当日的"诸儒"及"太学生"。

文人日常游戏之作,亦多采用七言,如汉书《东方朔传》,载东方朔射覆语云:"臣以为龙又无角,谓之为蛇又有足,跂跂促促善缘壁,是非守宫即蜥蜴。"

七言因每句多二字,比较五言接近语体,而它音节亦颇悦耳,故自古到今,为雅俗共赏之体。乐府先以为七言太过通俗,故不采用,但到了唐代所有诗人都爱用此体,此时大家都忘了当初七言的昔时一段史实了。

又汉赋里常有七言,大约因它音节悦耳的关系,如宋玉的《神女赋》中"罗纨绮绩盛文章,极眼妙采照万方";张衡的《思言赋》中"天长地久岁不留,俟河之清只怀忧"。

此外假造古诗歌或神仙诗也喜采七言,如《饭牛歌》

《皇娥歌》及《白帝子答歌》均是。这也可证明七言实是当日民间爱好之体,因由衷心的喜悦,故直接或间接被文人笔下采用了。

我们由七言诗体的过去演变,亦可以明白凡一种诗体被民间所喜好的,它一定有很光明的前途。现在新诗的不景气,完全因为一般民众没有机会读到很好的新诗(这也只怪写新诗的人不曾努力),同时有一部分文人,依赖成性,觉得旧诗既容易做,便守着旧诗算了,何必费时光去做什么新诗呢。那是费力不讨好的玩意儿! 一般青年,大多是不知怎样去欣赏或评判新诗,虽然知道那是比较合乎自己胃口的文字。有些试着写新诗,有些就没勇气去写,一二十年来我们看着新诗的花朵在文艺园中,自开自谢,多么浪费啊!

我们怎样去接受新诗呢? 未来的新诗在质与量方面,我敢保都比旧诗来得新鲜活泼,而且内容也要丰富一些。它的意境与趣味当然与旧诗各有不同,但我们看新诗当然得用一种新的标准,这个标准以前也许没有用过,但这是不会妨碍的,以前我们不是没有用白话写过文章,现在不也是都会写了吗?

过去曾有不少人对新诗抱过杞人忧天态度：他们第一担心的是如果用白话写新诗，诗的韵味也许会无形打消了。因为诗的语言应是精练的、含蓄的。古诗所以显得格外幽美，亦因它有"隔"的美。诗必得与现实生活有些距离，方能使人尝到回环诵读，余音绕梁，不绝如缕的韵味！如果一望无余，一语中的，那只是散文罢了。

又有些人担心中国文字，本来是一字一音，有时且是一音一义，如用白话写诗，似乎还是不够（意指失去幽雅的情致）。新诗读起来，常常显得单薄无味，所以新诗虽兴起多少年，至今仍有阳春白雪、曲高和寡之势，到底为什么呢？

其实一些为新诗担心的人，只须他去多听几次朗诵的新诗，或多读一些讲格律的新诗，他会忽然开朗，不待讲说就会恍然自觉了。

有不少人怀疑说新诗既是用自由长短句的白话，对于音节一层，恐怕不会调协，这其实也是有点"杞人忧天"的武断，我们应记得"鸡鸣犬吠，都有音节"，何以轮到人，就会不然呢？

我们平日讲话，如果不是故意装作（俗话叫装腔），音的迟速长短，不会是太呆板或太一律化的。因为脉搏呼吸,回环往复,均有节奏,言语自然亦受它的影响。除了有病或神经过度受了刺激的人,血液流通,失了平衡,言语便成了"无伦次"了。这样人的声音,听来也很刺耳(至于平常人发音悦耳与否,不在本文讨论之内。黄莺与乌鸦,声带各异其趣,也不在我们讨论的范围)。

中国语本为声调语言之一(Tone Language),平常讲话,不必特别训练,便有高低阴阳四声之分,颇为悦耳。虽非天赋歌喉,但字音咬得高低准确,这是他族人不易学到的。例如西洋人或日本人初学中国语,对于"汤、糖、烫、荡"或"胰子、椅子、棋子、起子"的判别,很感觉困难。有些西洋人甚至连"棋子、鸡子"都分不清楚,他们学汉语的人对于阴阳四声都表示十分敬畏。

什么是声调呢?语言学叫做"音高"即 Pitch,它的上升或下降,成为字音之一部分。平日讲话,用错了声,就会改变了语言的意思。中国人分别四声特别耳朵好,这也许习惯关系,别族人不易追随。我们的新诗人能够利用自己的特长来写新诗,一定很有收获。

现在我们回来再讲"音节"吧。

平日我们构成思想的单位是"意群"(Sense Group),每个意群中至少得有一个"强调点"(Stress or

Emphasize)，说话时候是一个意群跟一个意群，总结起来就是说话的句子。有人考察吐音的单位，每族有自己所善用的拍子。中国人吐音，大多是三或四拍的小节。每一小节内，不拘字数多少，有时字数多，便须挤紧一起，如字数少，便须有字拉长一些。据说我们的"神经能力"(Nervous Energy)常有起伏作用，它的作用是被我们自己的脉搏与呼吸所影响。因此我们说话，不必专心去顾到音节。越是自然，越合乎节奏。这种节奏多是相等的，即也是同长的"时隔"(Time Interval)有了回复加强的再现，方能成为节奏，这也可说若没有若干个相等的"时隔"接连在一起，即不成其为节奏了。故大多数的诗句中，"时隔"数目应是相等的(英文十四行诗中，每一诗句，只许有五个时隔，不多亦不能少。其他诗式，无此严谨的限制，尽可掺入若干个时隔)。但普通"时隔"相同的诗句，常占多数。

　　"时隔"在诗句中称音尺或音步(Foot or Meter)，在一首诗中，普通用相同的音尺居多，杂用数种音尺的还是少见。诗句中往往为了满足节奏，便把"意群"切断，如"关关雎鸠，在河之洲，窈窕淑女，君子好逑"一诗，"河之洲"原不能拆开，它是一个意群，单独念"之洲"不成意义,但诗的节奏,要在"河"与"之"字中间分开,将"之洲"成立一小节。这是诗与散文的音节不同之分。但美文的音节,多采取诗的分法〔英文诗的音节,只顾字音(Syllable)不必管字,音节横断一字,是常有的事〕。

诗的节奏,普遍说来,多为一种到底的,即是说必有"基本音节"的回复,那样听者方觉到满足他(她)的期待。若无此形式而用多种的音节,那只是散文而不是诗(有韵的散文,也常有基本音节的)。

西方曾有不少人怀疑过自由诗是解除旧诗所有的规律与束缚,那不是同散文一般了吗?[1]埃杰顿·史密斯在他的 *The Principles of English Metre* 解释说:"自由诗虽不必有诗的形式,但它得有一基本音节(Base Meter)。"

他意思说,如有了"基本音节",即可用那节奏的持续(Rhythmical Continum)方法,如一个段落的抑扬同邻近的段落的抑扬,互相衬托,以成回环呼应之趣,发挥诗的音节(Metrical Pattern)。

也有人说自由诗所用的节奏单位,应以"意群"为

---

[1] 自由诗 Verse Libre 即和中国新诗相似。

主,这一点也该与散文的节奏异曲同工的。可是他们忘了自由诗是有"基本音节"的,而普通散文就没有。总而言之,我们目前要弄清楚的,新诗也好,自由诗也好,它绝不是散文化的诗,也不是诗化的散文,它有散文一切的自由,只是它常保留"基本的音节",在中国写新诗的朋友想来会同意这一分析吧?

中国人吐音的尺寸(Speech Measure)据平常看来,与西方当然不同,但它是否也如西方人一样有它的规则,不是随便的呢?平日说话(指的是习惯上)我们可否也把一句话分成多少节,作为几拍子的呢?

英国研究诗的专家 D.S.Maccal 在他的《英诗的音韵》一文里说:"英诗大多数为三拍子组成的,其次则为四拍子。"他首先研究诗的节奏(这是有迹象可根据的),后来他研究英人说话习惯,他的结论:语言习惯及散文都与诗差不多,也是三拍子居多,四拍子次之,四拍子因为过于有韵律,而且不易维持很久(此理暂且带过,说来话太长)。

中国诗歌及语言其实也是三拍子居多,四拍子居次,六拍子可作为两个三拍子看,五拍子较少,二拍子更少了,这是洪深他们一班研究声律及诵读的学者在二十年前即有此说的，现在还没有人否定这说法。我们如把中国的旧诗、唱辞、平话词曲、散文以及新诗都试试分析一下看，觉得他们的说法还是不错(评定拍子，当然是指当时念、说、吟咏而言，若讲到唱，自然另有乐谱及曲调的规定。那里的拍子得由作曲者按照自己的原来创作计划决定的)。

为了要证明我们的中国吐音的尺寸是否符合我们的假定，姑举一些例子看看。同时笔者也希望对新诗有兴趣的朋友对于新诗的音节来一番脚踏实地的研究，这对于新诗的前途是一种健康的运动。

我们现在姑举一些例子试试——

古 诗

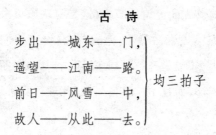

步出——城东——门，
遥望——江南——路。
前日——风雪——中，
故人——从此——去。　均三拍子

柳恽的《江南曲》

汀洲——采——白苹，

日暖——江南——春。

洞庭——有——归客，

潇湘——逢——故人。 ⎫

故人——何不——返？ ⎬ 均三拍子

春花——复应——晚， ⎭

不道——新知——乐，

只言——行路——远。

《女起解》上场词

你说——你——公道， ⎫

我说——我——公道； ⎬ 均三拍子

公道——不——公道， ⎭

自有——天——知道。

141

马致远小令

枯藤——老树——昏鸦，

小桥——流水——人家，

古道——西风——瘦马，　　均三拍子

夕阳——西下——（休止）

断肠——人在——天涯。

辛弃疾词

更能消——几番——风雨，

匆匆——春又——归去。

惜花长——怕花——开早，　　均三拍子

何况——落红——无数。

春——且住——（休止）

见——说道——天涯——芳草——

无——归路。（末句六拍子，可作两个三拍子）

　　韩愈的《祭十二郎文》，文情并茂，音调铿锵的，也是三拍子居多，举例如下——

吾——年未——四十，
而——视——茫茫，
而——发——苍苍，
而——齿牙——动摇，均三拍子

念——诸父——与——诸兄
皆——康强——而——早逝。二句四拍子

七言诗则四拍子居多,也举数例:

(一)

风急——天高——猿啸——哀
渚清——沙白——鸟飞——回二句均四拍子

(二)

盘餐——市远——无——兼味
樽酒——家贫——只——旧醅二句均四拍子

中国新诗也多有三拍子的，四拍子居次多的情形，
举例如下:

冰心的《繁星》

生离——（无限休止）
是——朦胧的——月日
死别——（无限休止）
是——憔悴——落花

近乎三拍子及三拍子

郭沫若的《凤凰涅槃》

我们——生动——我们——自由
我们——雄浑——我们——悠久

四拍子

一切的——一——悠久。
一的——一切——悠久。

三拍子

悠久——便是——你，
悠久——便是——我。
悠久——便是——他，
悠久——便是——火。

两个三拍子

火——便是——你。
火——便是——我。
火——便是——他。
火——便是——火。

三拍子

翱——翔，翱——翔！
欢——唱，欢——唱！

四拍子

144

闻一多的《你莫怨我》

你——莫——惹我，

不要想——灰上——点火，

我的心——早——累倒了， } 均三拍子

最好是——让它——睡着，

你——莫——惹我。

又《死水》

这是———沟——绝望的——死水， } 四拍子

清风——吹不起——半点——漪涟。

李广田的《流星》

一颗——流星——坠落了

随着——坠落——的， } 三拍子

有——清泪——（休止）

卞之琳的《古镇的梦》

古镇上——有——两种——声音(四拍子)

一样——的——寂寥
白天——是——算命锣 } 三句均
夜里——是——梆子 } 三拍子

徐志摩的《雪花的快乐》

不去那——冷寞的——幽谷
不去那——凄清的——山麓
也不上——荒街——去惆怅—— } 三拍子
飞扬——飞扬——飞扬

你看——我有——我的——方向(四拍子)

艾青的《城市》

城市——在前面——等着——你(四拍子)

它有——酒馆的——气味
它有——汽车的——气味 } 三拍子

它有——车轮——卷起的——尘埃
它有——泛溢的——商业和——标语 } 四拍子

146

青年周粲的《孩子的梦》

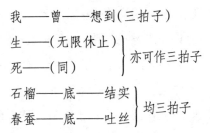

我——曾——想到（三拍子）

生——（无限休止）
死——（同） ｝亦可作三拍子

石榴——底——结实
春蚕——底——吐丝 ｝均三拍子

　　以上所举的例子，差不多可以说明中国人喜用三拍子或四拍子作为吐音的尺寸了吧？以上举的例子，都是我们平常觉得念起来顺口，听起来悦耳的拍子。在上例之外，当然还有不少新或旧的诗句是不用三拍子或四拍子作为一行吐音的，但是我们现在要慎重说明的是中国人惯于用的拍子及为大众觉得悦耳的节奏。

　　话说回来，我们现在该同意新诗也有旧诗优美悦耳的节奏了吧？我们已看出它们既有同样惯用的音节，再没有理由说新诗没有像旧诗一样的悦耳音节了。新诗的语言既是比旧诗丰富多姿，它也可以有同样与旧诗一般适合东方人胃口的节奏，如果有人再要说新诗没有前途，那只是"别有居心"之论，我们用不着管它。

　　对于诗的意义，我们一向都觉得朱自清写的《新诗杂话》里的一些话最公允,他说:"花和光固然是诗,花和光以外也还有诗,那阴暗——那潮湿——甚至霉腐的角落上,正有许多未发现的诗。实际的爱,固然有诗,假设的爱也是诗。山水田园里固然有诗,任一些颜色,一些声音,一些味觉,一些触觉,也都可以有诗。惊心怵目的生活固然有诗,平淡生活里也有诗。诗人的触角,得穿透熟悉的表面向未经人到的底里去。那儿有的是新鲜的东西。"

诗人的触角既得要穿透到人间各角落里去探讨,他要表现他的所得,当然又得用他自己所最熟悉的语言方能尽了表情达意的任务,诗既是通过艺术形象提炼出来的语言,它又得是人人意中所有,人人笔下所无的记录;有了自由自在的心境,方能产生达意抒情的诗篇,如一定要他用二三千年前的文字来写他的新创作,那无异把他下了监牢,却要叫他歌颂牢狱一样的矛盾。

记得从前有个朋友,把用古文字写新诗文比喻用作打电报一样情景。他说:"我们打电报的时候,心里有许多意思要说,可是一字有一定价钱,多一字就得多添多少钱,所以我们往往把要说的话减了又减,电报发出的时候,那内容比我们原先心中要说的话差得很远。有时因为选择简短的字眼及句法,常常会把原意大大地打了个折扣。收电的人既莫名其妙,发电的人也暗暗后悔发出一个辞不达意的电报。两方都受了不大不小的损失,有冤无处诉。"

我们用二三千年前已有的简短古文写今日的感触与思想,那辞不达意、意不透辞的情形,较之打电报的别扭,只有更甚。幸亏白话文成了大众爱用的文字后,渐渐地无人去做古文了。

我看近年的新诗的没有进步,错处还在我们未曾努力,我们也不知怎样接受新诗使它在文艺园地得到阳光与雨露,它的根基本来脆弱得可怜极了的。一场风雨,它便要憔悴损伤,再支持不起来了。新文艺的园丁,要时时提起精神招呼你的园子呀,园子荒芜,都是你自己的事,能怨谁呢?

原载一九六〇年三月新加坡星洲世界书局有限公司初版凌叔华散文集《爱山庐梦影》

登富士山

我向来没想过富士山是怎样巍大，怎样宏丽，值得我们崇拜的，因为一向所看见的富士山影子，多是一些用彩色渲染得十分匀整可是毫无笔韵的纯东洋画与不见精彩的明信片，或是在各种漆盘漆碗上涂的色彩或金银色的花样。这些东西本来是一些只能暂视不能久赏的容易讨巧的工艺品，所以富士山在我脑子里只是一座平凡无奇的山。有时因为藐视它的缘故，看见了漆画上涂的富士山头堆着皑白的雪，拥着重重的云彩，心里便笑日本人连一国最崇拜的山都要制造出来！

从西京到东京的火车道上，听说可以望见富士山影，有一次坐在车上看见几个日人探头车窗外望了许多回，引得我也想望一望，但是因为天阴始终没见到，他们面上露出失望神色，我却以为这样的山看不看都没关系。

东京中国青年会要组织一个团体登富士山，据说山上的气候与下面大不相同，登山的人都得预备寒衣。这"寒衣"二字很是入耳，那时我们住的房子开着西窗，屋内温度与蒸笼里差不了多少，到能穿寒衣的地方去一两天倒是同吃一碗冰淇凌得的快感很相像吧，所以我便决意加入这登山团体。

由东京饭田町上车赴大月驿约三时半光景，途中过了三十三个山洞，可见越山过岭的多了。车虽然渐上高地，但是并不凉爽，炎日照窗，依然要时时挥汗。因七八两月为登富士时期，所以车上朝山人非常拥挤。日人作朝山装束甚多，男女皆穿白色土布之短大衣，上面印了许多朱印，为上庙的符号，裤袜皆一色白，头戴草笠，足登芒鞋，男人有中国行脚僧神气。女人面上仍如平日涂了厚厚的白粉，满身挂白，甚似戏台上做代夫报仇的女角装扮。

到大月驿时已过一时，大家在车上已吃了便当（即木匣内盛菜饭的一种便饭），所以忙忙地急搭小电车赴吉田口，好趁未黑天时上山。

由大月驿至吉田口约坐二小时电车，沿途水田碧绿，远山蜿蜒不断，好风扇凉，爽气有如中秋光景，车轨两边的大沟中流水潺潺，人家借它作水磨用的很不少，车在途中暂停时，我们下车洗手，觉得冷水如冰，土人说这是富士山融雪流下来的。

车仍然前行，忽见含烟点翠连绵不断的万山中间，突然露出一座削平的山峰矫然立于云端，峰头积雪尚未全消，映着蔚蓝的天光，格外显得清幽拔俗，山的周围并不接连别的小山岭，同时也许因为富士的山形整齐的缘故，周围蜿蜒不断的美山，显然见得委琐局促的样子，恰似鸡群中立着一只羽衣翩翩翛然出尘的仙鹤。

车转了几个弯，我不住地望着窗外，左右群山已不是方才看的山了，但富士还是方才看的一样，矫然立着，若不是八面玲珑的圆锥体，哪会如此？山上云彩，来来去去，也只笼去富士山腰，到底没有飞上山顶去。当云彩笼着山腰时，只见山的上部，甚似一把开着的白纸扇形状。日本人咏富士的名句"白扇倒悬东海天"，这时候见到了。

到吉田口已经是近五点钟。这里是一小庄镇的样子，街上小饭铺甚多，兼卖登山用具。我们跟着青年会团员进了一家饭堂，大家洗脸换登山装束。计每人买了金刚杖一个(即坚硬之木棍)，莫蓙一张(短席子样的东西，披在背上，备在山上随处可以坐卧，并可避雨)，白草帽一顶，白线手套一双，日本分趾袜及草鞋各一双，我们来日本不久的，穿上分趾袜就不会走路，不过他们说不穿草鞋不能走山，只好穿上吧。

　　我们大家吃了一碗半熟的鸡子饭，天已经快黑了，急出饭铺向吉田神社走去，从那里转出去是上山的路。我们这一团共二十三人，除了汕头李女士及我，其余都是男子，有六七个不同的省籍。我走在大家后头，望见前面人一个一个背着席子，挽着包裹，足登分趾的草鞋，蹒跚地前走，很像中国叫花子样儿，只差了没喊叫讨要的声音。

　　离神社不远，有一条路可以上山。但是据说朝山人非先拜过此庙不好登山的，所以我们只好先到庙里去了。这庙并不大，除了正殿及洗手水池亭外，好像没有别的建筑物。大家到神前在金刚杖上刻了庙印，拍了一照，便向庙左道上去。

　　由吉田口到山上五合目，须走二十多中里(日本三里十五丁十八间）。我怕走不了，就雇了一匹马，取赁三圆半，并不甚贵，且马行稳重，有如北京之骆驼。沿途可以放心看山，马前有牵缰人，大约不容易跌下马来。

走了一条路，滢与李女士二人也雇了马骑上，步行人在前，骑马的在后缓缓行着。我与滢笑说，这是坐马，哪是骑呢？

穿过松柏树林的道上已是黄昏时候，大树底下许多小树开着雪白的小花朵，吐出清淡的幽香，林中一会儿有夜莺娇脆流啭的啼声，一会儿是山雉哽涩的叫唤声，时时还夹着不知名字的鸟声与微风吹送的一片松涛余韵。大家不约而同地默默不作一些声息向前走着。登富士山指南的书上说，人在山上时左右前后地看，就会"山醉"，"山醉"会晕倒的。我们进了大树林子内，虽未曾左右前后地观看，却已为林醉了。这是耳目得了太美妙的享用不觉地醉了吧。

出了松柏林子，前面路的两旁参天的杉木笔直地对立着，我正想这些树顶准可擎云了，抬起头一望，树顶上果然有云气，云的背后却有那座超绝尘俗的富士，披了皑白的羽衣，高高踞坐在重重朵云的上面。下面百尺多高的古杉都肃静地立正伺候着。山后是一片浅紫色的天幕,远处有两三颗淡黄光的星儿,像大庙宇前面的长明灯迎风闪耀着。

我愈往山望,愈觉得自己太小了;愈看清绝高超的山容,愈显得自己的局促寒碜了,有几次我真想下马俯伏道上,减轻心里的不安。

我仍旧带些诚惶诚恐的情绪骑着马穿进了杉木林。大家把纸灯笼点着提在手里,纡徐的山路上和高低的树丛中,一处一处露出一点一点灯火。我的马落在最后,马夫提了小灯笼默默在旁边走着,山中一切声息都听不见,只有马蹄上石坡声音。这目前光景好像把我做成古代童话里的人物一样,现在是一个命运不可测的小青年,骑了马进深山里探求什么需要的宝物,说不定眼前就会从大树里或岩石中跳出一个妖怪或神仙,恶意的或好意的伸出手来领我走上一条更加神秘的路,游一游不可知的奇异的国境。这是小时伏在大人们膝头上常听的故事,常想自己有一天也那样做一做。这是十多年前最甜美的幻梦了,什么时候想起来都还觉得有一种蜜滋滋的可恋味儿。我迷迷糊糊地一边嚼念着童年的幻梦,不禁真的盼望怎样我可以跌下了马,晕倒过去一会儿,在那昏迷过去的工夫,神秘的国一定可以游到了吧! 不过人间终究是人间,梦幻还是梦幻,我是安然坐在马上到第一站可以休息的马返。

马返距吉田口已六里多(中里),有石块搭墙,木竹作棚之卖茶及烧印处。大家坐在茶棚内喝茶休息,有人拿金刚杖去烧印,每个三钱。烧印是烧上一个某处地名的印记,表示杖主人曾到了某地,所以朝山人无不去烧,买卖倒不坏。在日本平常进铺子喝日本茶不用算钱,在此地因为取水难,喝日本茶每人亦须出八钱。

由吉田口上山之路是比别的路易走,路有五尺多宽,曲折甚多,所以走的时候并不觉得吃力,走牲口亦很平稳,夜间虽黑暗,路不崎岖,走起来并不感到烦难。

到一合目时,路头并不多,因为有人觉得冷,都停下来加上寒衣,此地海拔五千三百多尺了,温度与山下很不同了。走到路口,回望来时道,黝黑一无所见,唯有山下远处灯火烁烁放光,那里大约是吉田口吧。

休息了一会儿大家仍然上路,途中几个人兴致甚好,一边走一边唱着歌,山中也忽然热闹起来。我亦同马夫搭话,据他说年中除了七八两月,余时简直没有人来上山。他问中国有没有这样高的大山,我想了想中国著名的五岳,据说也非常高大,可惜我都没有去过,说起来真是惭愧。中国好山水不知多少,只是交通不便,土匪横行,一度旅行,或须作百年之计。平民谁甘心冒这样险呢?

"中国应当有这样大的山……"马夫说。

"大约这样大的不止四五座吧,中国地方宽大……"我勉强地说。

另一个马夫插嘴道:"对了,中国地方宽广,也有俄国那样宽广……俄国与日本打仗……"

我怕听这种粗人说出叫我难过的话来,急转头与旁人说话。倒霉国的人民走到外国不能不时时处处神经过敏,何况还是在叫我们国家衰弱的国度呢!

我自问并非极端的国家主义者或爱国家,不过每当兴高采烈时提到了中国弱点,不知不觉地会兴趣索然起来了。二合目因为路不多,没有停下,过三合目进茶棚休息饮茶,有两个青年女侍者细看我的服装问我是否朝鲜国人,我答中国人,一个假装聪明的神气笑说:"支那妆束好看,朝鲜的有些怪样。"恰巧在我们三人头上挂了一盏灯,说话的女侍者说完了做那挤一挤眼的怪样给我看得清清楚楚了。

在黑黝黝的山道上,什么景致也望不到,前面灯笼的光已经不如起先的引人幻想了，拉马的人也从他的口气里听出是一个瞧不起中国的日本人了，总而言之，山中的神秘性完全消失，只余了不成形的怅惘，及赶路常有的疲倦，徘徊于我的胸膈间。

到了五合目，栈房已经住得满满了，欲待再上一层，有些人已经不能走了。末后栈房人说，如果大家可以将就，也许可以勉强腾出二间屋子来。大家倦不择屋，也就安然住下。那时已经过十二时，第二天早上四时还要上山，铺下被褥，喝了茶就都睡了。

夜半醒来听刮风声，寒如冬月一样。穿了绒绳织衣，盖了厚棉被尚不觉暖。忽听团长张君来敲门叫起来，那时已过三点，风又太大，大家均不起来，蒙眬地又入梦了。

不知过了多少时间，团长又来叫，那时已经过了上山规定时刻，大家不好意思不起来了，门外松林风啸声，萧萧凛凛的，披了大氅出去，尚觉牙齿打抖，山上水甚宝贵，没有水洗漱，只有一壶水预备吃梅子饭（上山的便饭）时饮的。

吃饭时坐在松林底的板凳上，正看东面层层的群山，含着凌晨的烟雾，露出染墨施黛静寂的颜色，忽然群山上一抹猩血色红光，渐渐散起来成一片橙黄、一片金

158

黄的云霞,天上的紫云远远地散开,渐渐地与天中的青灰云混合。

这时屋内尚点着灯火,松林饭棚下对面都看不清楚,日出云霞的微辉映照过来,山前一片松树顶及树干沾了些光辉显出青翠与赤赭色。山底的丘陵中间,有两个湖分铺在那里,因群山的阻隔,还映不着日出霞彩,只照着天上紫云化成银灰的颜色。

过了两三分钟,风势愈来愈大,刹那间东方一片血猩色的红云已不见了,天已渐渐亮了。我们收拾了东西,胡乱吃了两个饭团,随大家出了栈房。栈房一宿只要一元左右,饭是吉田饭铺送上来的,这样事皆由团长张君办理,省了我们许多麻烦。

上山路风势极猛,迎头吹来,我与李女士皆不能支持,差不多走上一步,被风打下一步的光景。不得已教领路的、又是替大家负物上山的人在前执住我们两人拉着的棍子,拉我们向上走。这个人到底是走惯山的,手牵着我们两人,背上驮着一大包东西,走起路来依然如常稳重,毫不现出吃力样子。

走了一里路光景,不知上了多高,我觉得呼吸极困难,山上空气稀薄的缘故吧。正好坡上面有石室一座,望见前面的人停下来,我们也上去休息。

石室是靠大岩石作后壁,两旁堆石作墙,顶上搭了席子木片之后,再用大石头块压好的。室内亦有席铺地,有地炉煮水,并卖红豆粥、甘酒及各种罐头,价钱比山下差不了多少,因为价钱是警察代定的,山上买卖人无可奈何,只好将东西材料减少一些,例如红豆粥只是一碗有豆子色的糖水而已。

吃过一碗茶之后,风也稍止了些,精神稍微恢复了,我便走去露天茶棚下想望望山景,走路时虽偷眼也曾望到一点,究竟不敢多看,因为怕"山醉"更不能上路了。

这目前的确是一幅神品的白云图!这重重舒卷自如、飘扬神逸的白云笼着千层万层青黛色蜿蜒起伏多姿的山峦是何等绰妙,山下银白色的两个湖,接着绿茸茸横着青青晓烟的水田是如何的清丽呵!我倚在柱子旁看痴了。我怕我的赞美话冲犯山灵,我恐怕我的拙劣画笔猥亵了画工,只默默地对着连带来的写生本都不敢打开了!

这海拔八千多尺的岩石上,站着我这样五尺来长的小躯体,自己能不觉得局促吗?自己能不觉得是一个委琐不堪的侏儒吗？可是同时一想,我们人的最始最终的家原是一个伟大的宇宙,这里美妙的山川,不过是我们的庭园的一部分,我们自然可以舒舒服服地享受,休息休息我们多烦扰的破碎不完的元神,舒适舒适我们不胜跋涉疲倦局促的躯壳吧!

想到这里,蓦然觉得我已经伏在美妙宇宙的怀里,我忘去了一切烦扰疲劳和世间种种,像婴儿躺在温软的摇篮里一样。

"喂,走哪!"忽然惊觉我的甜梦,只得睁着惺忪的睡眼,冒着冷风,拉着领路人的棍子走,那样子大约像牵牛上树一样费力气吧!

愈走上去风愈大起来,山顶上沙子因风吹下来,令人不能睁目。大约又走了两三里,到了一石室,据说是不动岳六合目,大家又停下来。

大家皆跑进石室避风,有人吃鸡蛋红豆充饥。

这里不知又高了多少,喘气都觉得费劲,风太猛,虽有人牵着走也走不动了。有一些人自知不能上去,有一些人还鼓着勇气,非到顶上不可,末了分了两组,愿上愿下的平均起各一半,我当然归愿下的了,但是对于继续上去的人,心中不免有些羡慕与妒嫉。

我们一行十二人歇息够了，叫领路的带我们走下山到御殿场坐火车回东京。领路的也不识路，几乎走错了，幸而山上的人指引我们上了中道，由山腰穿过去须走之六合目，由彼间下沙走道直到须走口，由彼乘自动车去御殿场。

　　我们依指引的路走下山去，不想山腰之路，亦无所谓路，只是在山腰斜坡处，走出一些道路印子来就是了。山腰上大概皆火山烧过松脆之岩石，常有一段路为松脆石沙子，脚一踏下去，岩石就会松落下来，或石沙子一松，纷纷滚下山去。那时风势极猛，由山顶直吹下来，左右又无可以攀扶的树木或岩石，每每脚踏着松脆石子，身子一歪，便跌倒，风又迎头吹住，想爬起来很不容易。在风沙里眼也睁不开，如若一不留神，随风跌到几千尺深的山底也是意中事。我起先差不多给风绊住不能动了，滢也连自己都照顾不过来了，幸而有曾君江淮帮助，方才过了这一条危险万状的山腰。这山腰算来只约有四五中里长，费时约二点多钟吧，在我已经似乎走了一年了。那时时刻刻有跌下深渊的恐惧与兴奋，现在想来，宛如隔世的事。

　　近午时大家走进了一条羊肠曲道，两旁小树扶疏，

162

少避风势，过一上流融雪之大岩石时，大家坐下歇憩吃干粮，再前行便到须走口之六合目茶店。

这一条路并不难行，大家稍微休息吃茶，买了新草鞋穿上，弃了旧的便走下山。

此间下山路为沙走道，路之斜度甚直。足下皆松脆之石沙，走时扶杖随沙子滑溜下去，便可步行如飞，毫不吃力。脚常常插入石沙里，穿鞋入了沙子便不能走路，所以非穿草鞋不可。我穿着日本分趾的袜子，用足尖不大好走，只好用足跟走，袜子被沙子磨破了，只好快些赶下山去。沙走道约有中国十二三里，既无店铺可购鞋袜，连可以休息坐下的大树也没有一棵，地上因为是火成岩石沙子，连草也不多见。

在沙走道上走了两个多钟头，脚倒不觉疲乏，但是持杖的手臂很有些发酸，大约用它的力量最多吧。到一合目太郎房之茶店吃茶饼少息，并买纪念明信片。然后分乘两辆马车往须走口。

马车每人八十钱坐八人极拥挤了，路复非常不平，左右摇撼，车中人如坐十几年前的北京骡子车一样受苦。忽然骤雨打入车内，我的衣服背后都湿了。

在车上一无风景可看，路旁松杉树皆不大，亦无名胜所,大家皆垂头昏昏然被梦魇纠缠,约一时间才到了须走口。

到了须走口茶店休息少时,大家跑到须走口登山前一石碑处摄影,时骤雨淋漓,照好了一片,忽听茶店前几个男子高喊"不能在那里照相",我们回头一看,始知我们乃在皇太子登山纪念碑前,大家一笑跑回茶店去。

茶店前有汽车与公共汽车去御殿场的,我们想赶四点钟的火车回东京,所以叫了一辆通常用的汽车,每人五十钱。不意车夫甚狡,非八人坐上不肯开车,我们归心似箭,只好认晦气坐上去,车内当然挤得很了。

到了御殿场车站,买票上车,三等车已经挤得水泄不通,大都是穿白衣拿着金刚杖的朝山人,我与滢只好坐上二等车,换了票才安然坐下,夜来的睡不足与一天的疲劳,这时候才觉到了。

途中买了一盒便饭,包裹纸的上面印着拙劣笔画的富士山,我一手便把这张纸搓了。吃完了饭,闭上眼休息时看见百尺古杉上的富士山头堆积着清绝皑皑的白云。

原载一九二八年八月十八日、二十五日《现代评论》第八卷第一百九十三期、第一百九十四期

敦煌礼赞

　　这篇只可作本题的小序。关于敦煌壁画，光算长度，即有二公里半，时间包括千多年，魏晋隋唐五代宋元诸多朝代，规模之大，造诣之高，都是与希腊罗马的争辉千古。又因天时特别干燥，虫蚁俱无，故壁画色泽，明丽如新，此为欧西古文物不能相比之特别优点。唯笔者感到自己对本国文学、历史及传统的艺术所学习的很有限，虽是据实写来，挂一漏万，势所不免。这篇拙作，只可说是衷心景仰的出品，同时也想为近代对西方文化过度崇拜而有自卑感的同胞们打一打气。今天，美术工作者对这伟大优秀传统的艺术遗产，也应负起光大发挥的任务。

一九七五年四月，我到达北京，知道请求到敦煌已经批准，真是喜出望外。解放后，由海外来的国人，曾去过敦煌的，寥寥可数。因为敦煌远处戈壁大沙漠的一角，一年有四五个月冻冰，在零下二十七摄氏度。平日风沙蔽天，没有交通工具来往雇用，况且西北即是接近苏俄的边疆，通常也还有十万大兵驻扎着。我不是佛教徒，也不是考古学者，但是我许下要去敦煌的心愿，已经好多年了。

在童年开始念《唐诗三百首》时，我常常觉到那时的人，很喜欢音乐、唱歌、舞蹈、骑射等等，和我看见的时人，很不相同。例如"独坐幽篁里，弹琴复长啸"，"银筝夜久殷勤弄，心怯空房不忍归"，又或如"马上相逢无纸笔，凭君传语报平安"，这都是那时的诗人日常生活或所见到的情景。有一次我问我的老师："唐时的人和现在的人很不一样，他们是不是中国人？"

"当然是中国人，可是那是在唐朝，一千多年前了。"

这答复并不解决我的问题。到了我长大,对中国艺术和文学都增加兴趣时,念到"曹衣出水,吴带迎风"两句,虽知道曹是说曹不兴,吴是吴道子,可是不懂得为什么古人把这两句作为很重要的介绍。那时晋唐原画,已无法看到,虽有摹本,也不能解决我的疑问。直到我年前到了敦煌看过真的晋唐壁画时,我方恍然大悟,为什么"曹衣出水"和"吴带迎风"二句在艺术上占那么重要的位置了。

敦煌壁画里的人物,体格和衣着,表现"曹衣出水"的艺术,不计其数。换句话说,那即是希腊艺术注重人体美的精华,至于"吴带迎风",可在壁画上的飞仙、伎乐、舞蹈等衣着及五代乐会或报恩经变等的大场面看到。画人的设计并用传统艺术手法,表现出旋律美、动作美。敦煌的人像(应用"吴带迎风"的画艺),全是在飞腾的舞姿中,人像的着重点不在体积而在那克服了地心吸力的飞动旋律。所以飘荡临风缠绕的带纹,调和着佛头上的圆光,足下的莲座,以及飞禽走兽,都和那些飘飘的带纹,组成一幅广大的旋律,这也许可以说是宇宙的节奏——交响曲。

我们是幸运的,带着近代艺术的眼光去看古代劳动人民努力奋斗寻找出来的精心结构。许多重要问题,得来不费工夫!

第二次世界大战时,我随武汉大学到四川的乐山避难。那里是去西康必经之路,有一次吴稚晖和胡伯渊路过乐山,他们就是由玉门关等地参观油田顺便到敦煌看看千佛洞的壁画。

吴稚晖对中国文学历史认识相当精深,十分称道千佛洞的价值,也十分憎恨王元录道士盗卖国宝的行为。他说大英博物院收买赃物和巴黎的国家图书馆的收购都是我们的国耻;还有日本、俄国、美国、印度也都拿去不少。那里有个埋藏千多年的山洞,那千多年前手抄的五六万本书和画,真是无价之宝,大半的送掉了!

敦煌壁画是我那时向往的,不禁打动我的心思,就问:"我们也可以去敦煌看画吗?"

吴稚晖用他老人家的诙谐口吻答道:"若是你去拜张大千做老师,或者还有办法,那里不但没有人家,也没有吃食的市场,一个人去,不冻死,也会饿死。"

胡伯渊那时是有成就的科学家,对于敦煌洞里发现藏书和古画,也十分注意。他们都是民初爱国志士,话下不免悲愤。

据说这批藏书是由四世纪到十世纪的手抄本,内容包括天文、地理、历史、法律、文学、音乐、医药、绘画、星相、艺术、农业、语文等等,这些书用四种文字写出,除汉文外,有古藏文、梵文、回鹘文、龟兹文写本等。因为敦煌气候异常干燥,虫蚁俱无,洞口且常被飞沙封闭,所以虽过千年亦无损伤。这是空前得天独厚的图书馆。至于敦煌为什么会有这四五万册的古书埋藏起来呢?原因是宋末西北连年被异族侵入,烧杀抢夺,无处得免,敦煌的僧人,于是自掘山洞,把宝贵的经典书画,分包扎好放入,以为他日战祸完毕,回来取用。谁知宋末到元明,西北一带,战争无时或止。日久也失传了。终于被那昏庸的王道士偶然发现,发了一笔国难财。

　　现在该从头略说我去敦煌的行程了。

　　由北京去敦煌得乘飞机经过兰州,再由兰州乘火车到酒泉,由酒泉再乘汽车过戈壁沙漠而去敦煌。

　　在四月下旬的清晨,我由北京机场直飞兰州。中午过西安,飞机停下来,全体乘客下机午餐。我随大众走入食堂,交一元人民币买午饭。四菜一汤,真是物美价廉。稍微休息后,即登原机飞兰州。

　　从西安到兰州的飞机上,望到连绵不绝的青绿的崇山峻岭，不久又看到不少的山上有层层碧绿的梯田，下面是整整齐齐的成排的平房，听人说那是西安大号的公社。

近暮渐渐看见一些没有树木却多岩石的平山，据说已近兰州了。兰州机场规模不小，较之北京的差不了多少。

兰州博物馆馆长常书鸿先生及招待所一位秘书已在等待。我即与他们同车入城。

原来兰州是一座完美的近代城市，马路宽大，两旁绿树交荫。新式小楼房多欧美样式，小小庭园且有花木掩映。

常书鸿原是留法多年有成就的画家，对中国文物及欧洲艺术，都具高深认识。我很幸运能先会到他再去敦煌。

他们提议我应在兰州住两日，次早去参观兰州博物馆。那是世界闻名的出土的周代铜马踏着飞燕跑的发源地。此外还有许多出土的商周年代铜器陶器陈列出来。我随着李承仙、常书鸿在馆里看了两三小时，真是如入宝山，目不暇给。

午饭过后，我随常书鸿等去兰州大桥公社参观。那公社建在大桥附近的一全无树木的沙滩上。建社只有十六年，现已成一座大果木园。每年出产苹果、葡萄、瓜和李子等等，数量达十七万斤之多。

社员住在果木园近旁的瓦房，有鸡、猪及小菜园等自留地。在招待室用茶后，社员带我去他们住家坐坐。两位中年女社员留我坐下吃茶，她们待人亲热像老朋友一样，临别还拉着手劝我再来到她家住两天歇息一下。我觉得这是祖国公社办得最成功的一点。我经过多少公社，南至罗岗，北至兰州，他们待人接物，都是一样的诚恳亲切。临别时，每人还送大袋水果。常书鸿格外对他们的花木秧苗温室注意，里面设备、光线及栽培秧苗的盆钵，既科学化，也艺术化。

次日晚饭后，因我要搭火车去酒泉，所以在午前去参观有名的兰州毛织厂。那厂在城外，规模很大，设备也是近代化的，据说出品远销南洋及欧美。那俄国式毛毡，质料及花样都超过俄国出品。毛织品衣料，用西藏高原的柔细羊毛织的，也较英国最优加士麦毛织品物美价廉，可惜我是路过不能带；但我买了一大坯沱茶，那是云南来的，多年未尝了。

兰州火车站还是旧式的，站台很矮，上车时需人扶

171

上去。同去有两人，一为博物院女职员，一为招待所秘书，他们十分和蔼，学识也丰富。开车后，车长入房来问候，很是诚恳动人。

中午到了酒泉，我们乘坐招待所派来的车入城。城似乎很小，但有公园，内有唐代留下来做葡萄美酒的酒泉。过去一条街，还有制夜光杯的小型石工厂。我买了两只夜光杯做纪念，那是黑绿的玉石做的。我想到唐诗的凉州词："葡萄美酒夜光杯，欲饮琵琶马上催。"就想去买琵琶，但已找不到了。

酒泉原是凉州之一郡，亦即现在所谓河西走廊。如武威，张掖，哈密，在唐代概称凉，甘，伊州。唐代天宝乐曲，皆以边地为名，如凉州，甘州，伊州均为当时流行的边疆乐曲，岑参的诗"凉州七城十万家，胡儿半解弹琵琶"，《酉阳杂俎》里说宁王常夏中挥汗挽鼓，所读书乃龟兹乐谱。龟兹在今新疆南部。巴黎博物馆所藏敦煌琵琶谱，有详细的记载。

次早黎明，我们搭所订的汽车，在戈壁大沙漠旅行。戈壁原来是黑石子之意，沙漠为古战场，四望黄沙，草木屋宇都没有。所以除我们坐的汽车之外，还得开一汽车相随，上面装带修理器具及饮水食品等。我记得吴稚晖从前讲过他们经过戈壁沙漠时是在夜间，看见沙漠上大团大团的火球在滚动，想来那是古战场兵士的幽灵出现。

我是首次在大沙漠中旅行，走了三四小时也未见一人或一鸟一兽。既没有树木，有时沙中突出一堆黑色的草，但也像是铁丝做的，这种草据说只有骆驼能吃下去。在行车时，忽见远远的有一条闪光的长河，但稍往前进就看不见了。再走一时，却又出现。据说这就是所谓海市蜃楼，旅客时常为它所扰。

走了四五小时，我们的车居然停在一座村屋之前。这是兰州公社，我们要在这里吃中饭。

双脚踏在地上，进到一座屋里，觉得十分舒服。且有热腾腾的饭菜端到面前，令人感到有生之乐！同行的女同志告诉我，去年她从四川旱路来兰州，经过一高山，那里有一老头子，出来让他们全车的人入内休息吃饭。一文不收。原来这老头子每日蒸一大笼馒头，煮一大锅菜汤，专门为过路人服务。不是为利，只是为人民服务。

在近暮时看到沙漠中有二三个堡垒屋顶，凸出沙漠上，我们停了车摄影，可惜时已近暮，光线不够强，照片模糊不清。据说这些堡垒屋顶，乃是唐书所记载的被风沙埋没的沙州及伊州,当年曾是很繁华的城市云云。据传说一个城市乃是西夏王子所驻扎,他的武艺是名闻天下的,但终于被风沙埋掉。又据一真实传说,另有一很像样的城市,也是西夏王家占领的,不知得了什么瘟疫,忽然全城的人都死掉了,死后却不腐败,有骆驼客人曾走进去想讨些水用,看看所有的人如木偶一般,万分惊吓,只好急急离开。

到了敦煌,天还未全黑,研究所的职员招呼我们进屋,电灯已开亮了,外面三危山及党河还隐隐可见。屋前有一彩色富丽的牌楼,据说是乾隆时物,由敦煌县城移到此地。

当晚吃了饭,沐浴即上床,说好次早九时,由他们带着上千佛洞看壁画。

他们让我住在研究所的一间卧房,十分清静,我通宵酣睡。

次晨,两位女研究员带我上山去千佛洞。她们带了长线的电灯及手电筒之类,以为进洞看壁画之用。据说午前阳光还可见物,午后进内,便十指莫辨了。研究所职员的诚恳相助,十分感人。因为解放前有些妄人,借官绅之力,入洞内滥用照相材料,以致影响壁画的色泽。所以我首先说明,如他们可以相助照相时,我方用我的照相机拍。我对有兴趣的图画,可以自己描下来。

壁画皆在千佛洞内,唐至元代均称之为莫高窟。位置在鸣沙山的西尽头。全窟自南向北迤逦一六一八公尺,这些洞是凿于峭壁之上。整个石窟坐西朝东,石窟约分三层,据说解放前后,石窟进口,常为飞沙掩盖,而且洞口年久失修的栈道,十分难走。自经国务院订为重点文物后,近十几年来开始用水泥洋灰修筑山上山下行人道,且仿大理石雕刻样式作出栏杆,既实用也雅观。

在洞口的栈道上,往左可见三危山及沙滩上的三五个和尚坟;往右看,可望见那盛唐时代的大佛塑像的三层殿堂,它的头部在山顶,脚部在山下。我们立在山下的佛洞内,仰首望佛的面部,颈部会发酸。那塑像色泽富丽堂皇,画像雍容华贵之中表示着大慈大悲。实是千古杰作。这个塑像可与另一洞里的佛涅槃塑像成千古双璧。

千佛洞的开凿,据唐代李怀让重修莫高窟碑记载:"前秦建元二年,有沙门乐僔,赏杖锡林野,行至此山,忽见金光万道,状有千佛之造窟一龛。次有德良禅师,又更于僔师窟宅,更即营造。"这说明石洞开始只是两禅师的

175

住所。

因为篇幅的限制,我们只能先把壁画大部分略为介绍说明一下,其余可俟他时写成书后再为介绍,如读者有兴趣,先就常书鸿所著《敦煌壁画》及姜亮夫著的《敦煌》二书细读,当会得到很多的真材实料。(此文只是向往与欣赏的性质,且择要介绍中国古代封建社会劳动人民创造出来的杰出的民族艺术。从他们遗留的手泽里,我们可以认识到他们辛苦地在艺术上不断努力的创造。我们也可以认识到他们的幻想与奋斗,同时也见到他们所描写的当时社会及一切环境,《汉武帝遣张骞出使西域》长画,就是一个好例子。)

敦煌壁画虽然是宗教的题材,但表现在画面上的各种内容和形式,都十分显出民族和时代的特征,并反映了当时社会的许多风俗习惯。例如壁画上所描写的建筑、衣冠、车马以及狩猎、洒扫、农作、婚丧、出家剃度等等,都可供后世研究参考。

在许多辉煌的宗教大壁画之外,还有如深山狩猎,唐代山水的起源画,宋代花鸟的装饰画,并有贵族朝佛出行仪式,也有农村全家朝佛行列以及名山图等等。五台山壁画全面描写了山的胜景,穿插了行旅、农村工作及生活场面。此外还有舞蹈及音乐会大场面的描绘。我们只须查看乐器种类,不下二十多种,而人物配搭得美妙,尤为多彩多姿。这种精心结构、造诣高超的作品,可说空前未见(第二二〇窟中的伎乐图)。在二一七窟的法华变中的"幻城喻品"具有高度的艺术水平,丰富的想象力,表现了暮春三月的景象,为中国山水画崇高意境的开端画。

美好壁画太多了,真是一言难尽,姑且选出若干幅,作为本文插图,希望在不久的将来,祖国可以把敦煌的交通及住处一切整理完毕,然后向外国博物馆提出——当初是曾用各种方法收购去的敦煌宝藏,慷慨大方地退回到千佛洞去,使敦煌成为全世界推重的敦煌学府,好为世界爱好文化及艺术的人前去瞻仰和研究。我相信这种企求是文明人类应有的企求。

我们现在的敦煌已不是千百年前"春风不度玉门关"的敦煌了。我到敦煌后,天天在艳丽的桃花、李花、苹果花、海棠花下过,青青的柳色,亦融化我的离愁,翠绿的水田,使我幻想的江南居然移到沙漠来。同行的研究员告诉我:"三十年前的敦煌,有句俗话:'喝水贵过油,风沙撵人走。'现在经过毛主席的领导,把党河修好了,居然水田、花木瓜果都有了。这里夏天的瓜和水果都格外甜,你下回来,可在夏天来尝一下。"

我们把有花木水田的地方,照了几张彩色相片。半山上有一老榆树,落下榆钱甚多,我说在北京此时可以烙榆钱饼吃了,厨师傅听说了便烙了许多榆钱饼给大家尝鲜!

千佛洞在一九五六年还是十分荒凉,那时上山看一次壁画,十分困难,哪像此时已修了洋灰水泥的山路并有石栏杆可扶呢!

我们也知道敦煌早已闻名世界,在汉武帝时遣使张骞走过,唐时玄奘到印度取经走过,元时马可·波罗也走过。那是我们在两千年前送丝绸到欧洲去的路,也是他们带回葡萄到中国做酒的路。这些都是使我们生活丰富的东西,我们也希望二十世纪的学人也会借此机会,使敦煌宝藏重见光明,把已往失落的宝物送回来,这会使得更多世界学者乐意来敦煌参观并研究的。

敦煌千佛洞里的塑像,彩色的也很值得我们研究,可惜是本文篇幅已长,而且那些塑像,经过人为的盗窃损毁和低劣工匠的修理,不免

使爱好艺术人气短,所以暂且保留,等另有机
会,方行介绍。著者附记。

一九七八年二月记

志摩真的不回来了吗？

志摩，你真的死了吗？谁会相信像你这样一个有生气的人会死了的。得到这消息时，我就不信，可是问了几处，都答说是真的，回电已证明了。可是我仍然不能信，我骗自己说："也许这孩子觉得日子太平凡了，存心弄点玄虚来吓一吓他的朋友吧！再说，他哪里像会死的人呢？"

我分明记得你在南去前两天告诉我"明早要御风南去"，可是第二天在电话里你答我说"风太大，吹回来了"，电话里的带笑的顽皮声分明还在我耳朵里响，那绝不是梦，安知你这一次不会又向我来电话说被风吹回来呢？可是我呆呆等了三天电话,等到去济南探望的朋友回来,听他们讲志摩身体比其余两人完整多了,竟在空机架内度了两个黑夜(听到这里,我不禁还说这却是他平日所爱的昏夜梦境, 又是听得到枭鸟怒号的荒郊——他诗的幻象)。可是这憔悴了的朋友,他不得不往下说志摩是已经装在棺材里了,上面有块玻璃,只看见他的脸。呀,谁会相信有这样荒唐的事,把这样一个活生生的人儿, 装在一个不见阳光, 不沾风露的木匣子里?别是哪个淘气精要同志摩开玩笑,故意做出这可怕的东西来恼他吧?志摩,我相信你会跳起来把这个人收拾收拾的!

我就不信,志摩,像你这样一个人肯在这时候撇下我们走了的。凭空飞落下来解脱得这般轻灵,直像一朵红山棉(南方叫英雄花)辞了枝柯,这在死的各色方法中也许你会选择这一个,可是,不该是这时候!莫非你(我在骗不过自己时,也曾这样胡想)在云端里真的遇到了上帝, 那个我们不肯承认他是万能主宰的慈善光棍,他要拉你回去,你却因为不忍甩下我们这群等待屠宰的羔羊,凡心一动,像久米仙人那样跌落下来了。我猜对了吧,志摩?

我真不相信你永远不回来了,志摩!我们这群人没有了你这样一个人,我们怎样过这日子?你不是对我说过,"我想我们力量虽则有限,在我们告别生命之前,我们总得尽力为这丑化中的世界添一些子美,为这贱化的标准堕落的世界添一些子价值"吗?现在这世界只有一日比一日丑化贱化,为什么你竟忍心偷偷地先走了呢?你难道不曾知道我们是没有对现世界下总攻击的力气吗?莫不成你是畏难先逃了?可是我不相信你忍心看着我们跪向撒旦跟前讨饶,因为我们活着既没有勇气或性气做出一些事使得撒旦咬牙切齿,更没有胆子摸上他那条黑黝黝的道路。我们真不中用呀!志摩!我并不是编些话来哄你欢喜,说你是能干人,不过我们实在相信你是真的一个自己所说的"同情寻求者……也是一个价值的寻求人",你的性情,脾气,努力,已经证明你的寻求,有了一些着落(你看见你的几十个朋友在这几天内为你怎样心碎吧?)。在这种局促世界里但凡不是肠肥腹满白日也做梦的人,谁不是时时望着撒旦的伟大暗暗点头佩服。唉,志摩,我只听你一个人断然说过这样勇敢的话:"我不能不信人生的底质是善不是恶,是美不是丑,是爱不是恨;这也许是我理想的自骗,但即明知是自骗,这骗

182

也得骗,除是到了真不容自骗的时候,要不然我喘着气为什么?"(这是抄你给我信上的话。)我们就不能像你这样肯自己骗自己,我们知道是骗着做的就要灰心丧气,你却不这样。你平常因为你的寻求使命,常常做出我们大家不肯做的事,到我们说你笑话你(虽然这说笑常是大人对自己孩子的态度),可是在今天我们想到你时,想到你的性气事迹,我们都含着泪点头了。志摩,你也知道吗?

在三年前的夏夜,志摩,想你还记得吧,我同通伯忽然接到你要过东京一晤的电报,第二天一睁开眼我就说梦见志摩来了。通伯说真的吗?我也梦见他来呢。说着我们就去接早车,心下却以为或者要等一整天,谁知人一到车站,你便在迎面来的车里探出头来招手了,这事说来像是带神秘性,或是巧得不可信;可是我们安知不是宇宙间真有一种力! 那是科学还没有方法证明,宗教上或以为灵异的一种力,在朋友是你寻求的爱,在艺术是你寻求的美呢? 志摩,可怜你的话,有风趣的话,我们永远听不见了,不然,你的解释一定是我们梦想不到的。

完了,完了,"让你的泪珠圆圆的滴下,为这长眠着的美丽的灵魂"真可怜吧,我此刻还得用你的话来还你,再也想不出一句美的句子了,也许是永远想不出了! 志摩,你真的不回来了吗?

十二,三日,二〇年

原载一九三一年十二月六日《晨报·学园》

由广州湾到柳州记

　　笔者去年十二月二日离香港搭船到广州湾,三日到广州湾西营,即乘公共汽车到赤坎。这地方因是法国租界,且由香港到内地,不必经过敌人防线之路。有此优点,故此两年这地方突然繁荣起来。尤其是在海防也被敌人管辖之后。

　　由赤坎到郁林,须走六天旱路,得有走过的人带领方才放心走。我们因为要等待一个朋友同行,故在铜臭熏人、赌场林立的赤坎住了近一周。此地店房粗俗而索价昂贵,四望均为做买卖店铺,马路虽有两三条,但十分嘈杂污秽,连一处可以散步的地方都没有。我同小莹住得闷极了。她才过十岁,对于买卖,比我更觉索然。朋友本约定九日由港到,到后即全走旱路到郁林,不想在八日下午我们就得到号外说日本已实行攻打香港了。赤坎只与香港相隔一日水程,故街上立刻呈现恐慌,居民买米买面买油买酱,饮食店挤得水泄不通。人们似乎都想把钱掷出去,换回随便什么可吃的物事就成。与我们结伴走的一个朋友联君,他也觉得,如此情形此地不可再住下去了。晚上安南兵出来巡街,据云:全市只有六个安南兵,三个法国人。

我们回到大宝石饭店,即去找账房先生代为找轿夫脚行,定于次日动身到郁林去。雇了两乘竹轿,我一,小莹一;另雇了挑夫七人,联君随挑夫走路。价钱时常改,此次言明由此到郁林,每轿二百四十元,挑夫每市斤重合一元二角(且须以广西秤计,这边秤比较低些),伙食自备,赏钱随意并由账房开具保单,担保工人可靠,另外工头二人签字,担保其他工人,工头之身份说明书交与我们拿着,以免意外。

诸事均办妥当, 于是我们次日清早九时冒雨走,意欲当日到遂溪,因那里有比较干净可靠的客店下榻。十一时到雷州关(即蘇章关)时,大雨倾盆,轿子衣箱均淋滴滴水,查关的在一架席棚下,地下水深没足,泥泞不堪,但铁面的关员并未忘记他的威风,他喊令脚夫放下各物检查,每个衣箱,每件东西,都拿出细看。看到我的旧皮鞋及旧衣服,有一个说:"这东西还带到内地,算来不够挑夫力钱。"同行朋友因带了几身新做西装,他们很兴头地拿去估价,结果按赤坎时价估出,得收税八百元,联君忍痛交了,方让我们挑夫走路。与我们同被查关的人,有一人带了两小箱"六〇六"药针,一个查关的低声要求他照原价卖两盒与他,一切免了上税,但那人不肯,结果抽了他一大笔税。这人后来在路上把这事告诉我们,他觉得纳税还是上算。

由赤坎到遂溪约五十里,一路有大树林,有流泉,风景清绝。半路亦未正式打尖,在草棚底下吃了一碗煮红薯,又甜又暖,价廉物美(价仅两角)。近二时,天已晴,路亦渐平,走田垄中,我同小莹下轿走了近十里路,近暮约五时到遂溪,下榻长江饭店。

遂溪是小县,居然有公园,有体育场,惜天黑,未能各处细看。长江饭店,房间均为木板作壁,一室二床,有铺盖的要十二元一宿。被褥不甚洁,我们均换了自己的。有饭食,每人每餐五元大洋,我们已饥肠辘辘,夜餐于此。

次日天未明即离遂溪，沿路无甚高峻山岭。我们在山坡一饭铺吃中饭(十时左右)，有白(米)饭，有腊肉、腊肠、炒蛋等，每人大约亦用五元一餐。饭后步行二十里，下午三点到廉江，下榻饭店，因天尚早，所以我们到街上散步，想到有名的杏花楼吃晚饭。

廉江为较大之县份，街道铺面均宽阔。我们在路上买了一只菠萝及几个香蕉，到杏花楼，三人花了十五元，吃了餐很丰盛的饭，有鸡、有鱼、有肉了。此地去年被轰炸过，到处断壁颓垣。但现在人心似已恢复常态，生意人熙来攘往，十分热闹。进廉江境时检查站上知道我们由香港到内地的，都纷纷围了询问香港情形，适有萧氏父女正经此欲到广州湾转香港回沪，听我们说香港已开战，他们也停在廉江，预备走回路了。萧氏已过六十，人却健实。女约二十，亦能随父走路。他们来时雇了两辆自行车，行李及人都搭在骑自行车人后，说是比轿子快些但是回去时，他们决定走路了。夜同住长江饭店，店内一切简单如他店，唯厕所建筑甚考究，至今思之，综计沿途所见厕所，不下百十处，大都臭气熏人，屎尿满地，甚至屎坑旁即是猪窝，令人憎恶。此处厕所却迥然不同，外面看似是一座楼房，以整砖筑成，大小便处在楼上，楼下有一小木门，以便取粪。楼上有通天空之通气大筒，墙壁均用砖筑成透气花纹，既美观又无臭气，放纸木匣及坑座均考究。店房倒平常，厕所却值得我们注意。可见"十尺之内必有芳草"是不会错的。

由廉江九时动身，过三十几里便是鸡笼山七星镇。据说那是土匪出没之地，联君去岁经此，被匪抢劫过，过那里的人，如请了县府的兵保护过去便无问题。我们搭在另外六个客人一齐，合份请了三个兵跟着过去，共用了六十元，另加酒钱十元，他们三人全副武装陪我们过岭。

小莹与我都有点兴奋，心中也想遇见土匪见识见识，但也怕真的遇到土匪。她一路问人到了鸡笼山没有，过大来桥遇一粗大老人及二年轻人要收路钱时，她又害怕了。据后来说，老人等如人少且并无兵相送时，他们便要强收买路钱了。在鸡笼山上时，有手拿白布旗自卫团三人向路人捐钱，不给他们钱也没作声，据说这也是土匪一种。七星镇及鸡笼山形势均不雄壮，土匪想来也不是什么大规模的。

由廉江到石角，一路风景颇不坏，公路亦宽，惜现已破坏了。电线杆沿路歪的斜的,甚至以一根细竹竿代替的,样子十分贫乏可怜,为什么无人注意呢?

四时半到石角,那里有财政部派之关员查关,所有箱箧均需打开,检查极为仔细,费了一小时工夫,查完已五时半过了,因石角无地可宿,所以带挑夫走过十数步之蟠龙下店。到了蟠龙便是广西了,此地查关的好在尚懂人情,不太麻烦,大约看一两件便放走,否则十分钟内检查二次,令人厌烦死了。蟠龙酒店之店房是新筑,尚属清洁,唯十分嘈杂。联君带我们走去石角吃晚饭,顺便看看街市。

小莹很高兴,因为她发现了自己在十分钟内走两省,在广东吃饭,在广西睡觉。石角街道十分古旧狭窄,所以铺面人家在市上的均有宽阔屋檐,遮了半边街道。大约南方多雨,此种办法,专为下雨着想,赤坎旧街亦如此,街道狭窄黑暗,很不方便。

次日天方明(近七时)即由蟠龙动身到良田,只有六十里路。沿途水田甚多,农家均瓦屋,竹林大树掩映中,常有几株红白山茶。村中妇孺,衣着齐整,过大屋前,时闻儿童读书声,令人觉得到了太平盛世了。

下午一时半到良田,下榻良田酒店。此处店房一间只索八元，二铺有被褥，不过还是不干净。街市狭窄，人烟稠密。我们在店中吃了客饭，价也较廉江稍廉。同路来之上海年轻人，二男一女占据了厨房，大做菜食。厨夫喃喃骂他们，他们也不懂。据说此三人一顿，耗费厨房一日柴火，占了厨房，甚为不便。此店供应冷热水均多，我们沐浴洗衣，旅行疲乏稍减。

次日天明即起程赴陆川，由良田去约行六十里。出良田一里许，即有独木桥一条，横一大河中，两岸风景甚美，水流变急，惜行桥不易，无心观赏。同行有一缠足老妇，她叫两个人前后牵着走过去，约走了半点钟云。以后还过了三四次独木桥，因有的是私人建筑，故派有老人小孩守着桥要收渡钱。几个人给一元便可，但有人不给，他们也无办法。我同小莹下轿走了近二十里路，约十时在路上席棚饭摊打尖。轿夫在地上吃卷粉及年糕，看了流涎。我幼时在广东乡下曾吃过，但现时不敢吃，因想到地上之物，带了病菌。饭后我们又走了十几里路，山路甚少，地势平坦易行，上轿不多时便到了陆川。

陆川石牌坊甚多，雕刻细致。宗祠亦有两处，规模宏大，惜未能打听以前本地出过什么人物。我们下榻现代旅铺，房屋破旧，但有楼房大院。收拾后我们吃饭，在一小饭铺,价尚不贵。后去附近文庙瞻仰一下,建筑也甚壮观,惜里面驻兵,未敢进去。在一瓷器店买茶杯(有盖的一元一个),偶与店女闲谈,知道初小学生半年要交六十元学费,每月还要交米二斗,为此上学极不易。广西妇女喜戴银制首饰,陆川更显。她们无论老幼大多都戴项圈,如古画中格式,时髦一点的,便戴长长的银表链子和镯子,外穿军装大衣。

因为陆川到郁林要九十里,故次日天方明即须动身。不巧得很,天适大雨,冷风刺骨,轿夫嚷闹不肯上路,而挑夫已走,我们大家(此时在路遇到的已有十几人了)却不愿意住下来,于是硬硬心肠,坐上轿子,一路听轿夫埋怨。别人不懂粤语的,倒也耳根清净,我就心不安静。小莹半路因腹痛要下来走路,但路上泥浆陷足,尤其是田边小路,走一步一滑,走起来极是吃力。后过马坡,须过检查处,我们打开箱子,任其查看,还算不麻烦。同行有两个上海商人,他们带的都是西洋毛织品及药品,最意料不及的是一小箱里都是各式舶来的气球,检查员拿起来吹着玩,我心想,战时的重庆还需要大批这样奢侈的玩意儿吗?此种气球在上海已卖到十几元一个,到重庆岂不该四五十元一个?

到郁林过石桥一驻兵检查站，他们对路人很客气，查几件便放过去。郁林是一大县份，市面街道均较路上所见的宽大，店员都能说国语，有一小店，伙计居然用国语同小莹谈话不少，他说是由学校学来的。本来在路上，我们可以用撕开之半张纸币，如一元半张即为五角，有法币有桂币，均可撕开两张用。一元桂币值法币五角，但到了郁林，一起均按法币算，撕开之纸币亦不通用了。我们大多数人下榻玉林饭店，店为本地最大者，房内有玻璃窗有电灯，惜不甚亮。我们因在此可多用水且须候汽车，故放下行李，便开始沐浴洗衣服。

　　轿夫挑夫均在此算账，行李分量须按广西称算，我们付了定价之外，另外赏了挑夫二十元。轿夫因沿途骂人，且轿上多放一个小包裹亦不肯，我们赏了他十元，说明还是看某一和善轿夫面子给的。轿夫头脸色极不适，这叫我们稍微解恨。

　　次日与联君出外吃中饭，发现同来之上海商人，遗失了他的一担行李，均为贵重货物。原来他由沪走此路到渝专办洋药及毛绒内衣等，光合本钱，便已二万余元，此款乃借来者，故他急得要死。行李是过马坡后走失的，他本人与另一商人乘轿，行李担独自走路，挑夫是由广州湾友人处工人荐来的,有保单云云。他本人到郁林总府去告发,县方面叫他回玉林去告,因行李在马坡遗失,地点应由陆川管辖云云。商人自云身上只余二百元,另有四千现款都存在行李内,如由此回陆川,再由陆川回此,二百元不足三天用度,我们也替他着急,他的同伴因怕旅费不足,不肯借钱与他,也不肯留此陪他,大家均为他抱不平。

玉林饭店的账房以及二三住客均为汽车拉客,他们来问我们要乘车到柳林否。他们大约讨价很大,且行李亦如挑夫按斤计算,有一掮客每票要四百元,行李每市斤二元,我们行李有七八百斤,就合千数百元了,所以决意不乘汽车,我看了汽车也着实怕,车棚是薄薄的木板,身长五尺的人抬不了头,车座也特别窄,要坐在里面两三天,可真受罪。联君说,最舒服还是由此搭车到贵县,乘木船到桂平,由桂平换搭旧式火轮走柳江到鸡喇转柳州。他是曾走这条路的,自然我们一切信服他的提议,不过他说:"此一时,彼一时,到那里搭得上什么船儿,都是问题,碰运气好了。"同路走的粤人何某及李老太因要到韶关,不识路,故要求加入我们一齐走,我到此方知乘轿走旱路并不是困难的旅行。在沪时人们听到要乘轿走六天旱路,都觉得十分苦,却不晓得有比坐轿还苦的路,那是"碰运气的旅行"。运气不济的人,在路上遇不上舟车,常常在旅店等上几个月,旅费用完,求告无门,那才是真的苦呢!听说路上常有这种人。

我们决定先到贵县,联君就去打听去贵县汽车,定了次日清早,去买车票候车。我们次晨七时,就到汽车站坐在行李上候车,每票约五十五元,行李因过了二十公斤分量,另添了三百元行李票;联君因行李在另一车上(两汽车同时开,本日因招待回国华侨多开一车,他们由东江来的),他乘另一汽车。约八时半开车,由郁林到贵县须四小时,但半路有空袭警报,我们急下车走避树林内或山坡上,同车的李老太拖住我手不放,我手中又拿着沉重的皮包。她体格肥大,缠足甚小,手提数包裹(内为柚子及水瓶),一步一停,小莹焦急催我走路,我被她牵扯走不得,心中焦急,不觉汗湿衣衫,但也不忍撒此老妇不管。她的同伴,二人都是年轻人,他们明告她不要跟他们,他们是不管她的。本来打算在小站上吃中饭,但警报解除就开车行,我同小莹饿极了,只好吃些花生充饥,下午二时到贵县。

据说到贵县后,行李暂存汽车站,等打听好桂平之船,再搬运省事一些,我们到了贵县即急去找地方吃饭。贵县街市甚宽广,市面似乎繁荣,虽然也有一二条街被炸过。我们找到金龙酒店吃饭,有大鱼有肥鸡,还有两三个荤菜,五人吃,花不到二十元,我们笑说避难的人,莫如到贵县住下吧,这地方也还干净。

本夜适有一大木船即旧式楼船开桂平,每官舱铺四元,十五小时便到。我们饭后即赶快把行李运去木船,每人买了一铺,铺尚清洁。天黑开船,次早我们在船上吃预备的客饭(五元一份),饭后查海关的官及兵来,像海上海关人一样,拿着手电筒到处照射,因贵县红糖价廉物美,有数人带了十几斤私糖,均被抓走了。

近午到了桂平,据联君说与其下客栈不如下小艇省些钱,且有警报时,小艇可以开到僻静处暂避,人也免奔走之苦,我们均然其说。何氏夫妇及李老太也随我们下一小艇。联君出去打听去柳州之船,当日没有,于是我同何太太上岸入菜市买菜及米预备在船上做饭吃。五时左右菜饭均好,我们大家饱食一餐,计六人合用七元光景,油、米、菜酱都有了。柴火是借用的,当晚在小艇上铺了六张被,我们笑说六条沙丁鱼,因为挤得紧极了,行李都放在板下之舱,小莹晚上跟何氏夫妇到岸上玩,吃了几个汤圆及柚子,次日醒来便发烧。

次日清晨,我们又去买米菜,今天因小莹不适,买了鸭肾肝粉子,也只多了三几元,大家吃得很饱。正在打听船,忽见岸上挂出空袭警报黑灯笼,于是我们把船摇到对岸树荫下暂避。

广东的甘(按,疑漏字)和茶实在是旅行不可少之药品,煮了一包给小莹喝,过了两三小时便退烧了。早上她急得只流泪,我也怕旅行有什么杂病侵了她,无医无药,人地生疏,不免忧虑,此时方放了心,警报也解除了。下午五点吃晚饭,饭后问人说有一汽船到了就要开柳州,联君急去打听,我也走了。船上不但票卖完了,另卖的私座也没有了,及与船上司机讲好将他们四人之铺位卖与我们,每铺法币百元,每食另包与厨房(饭每餐五元),我因小莹新愈,与他们说我多出二十元占两上铺,何氏夫妇为省钱,两人一铺,联君在后舱另买一铺,行李均存船头。

船开时天已将黑了(小船上结账给了二十元,比在旅馆开房间省了一半)。我们终日踞坐在五尺长的小铺位上,身体极不适。幸几个司机都十分和蔼爱说话,他们终日立在我们面前一边开轮,一边闲谈。由他们谈话,我们知道不少广东广西内地情形，尤其是那个年近七十、开了几十年船的老司机，他肚子内故事真不少。

轮船是最旧式之船，前面还有小汽船拖带，一只小汽船拖三只大船，另有两只大木船，一为货船，一为桂府运送敌人坠落飞机之木船。船在夜里已停泊一小村前。次晨满江大雾，对面山都不见了。河中礁石极多，我们的船即泊在一堆大礁石前，船上人见船不开，很多人跑到石头上玩耍，看见本要走香港去沪的萧氏父女，也在此船上，小莹同他们谈得很熟。

八时雾散了开船，才见面前青山真相。柳江水极清澈，色如翡翠。船走得很慢，我卧在床上开了旁面小窗，看山看水，好比看一卷很长的卧游图。每次船转一个弯，我就兴奋一下。广西山水妙处全在峰峦奇峻，在北方我们看了不少更崇高雄壮的大山，在江南看了不少秀丽天成的平山，但像广西山峰这样奇拔不凡的还是初次。身边恰有竹纸铅笔，顺手描了几张画稿。

午前十时左右过勒马滩，水流甚急，船上载重过甚，船主请求客人上岸路行，于是船靠一石礁上，船客百余人均上岸步行。山路崎岖不易行，而日光猛烈，晒人皮肤甚痛，行了近一小时方上船，大家已汗淋了。下午五

198

时左右到武宜，船即泊此不行，我们上去散步，此处山村风物甚佳，峰奇石怪，树老屋古，居民亦朴实异常。次晨七时船开时，我急找出纸笔，把武定山容留我画囊。

立在旁边开船的陈司机说，此处水性甚寒，但洗濯至易去污，居民在柳江大多须食辣椒等物。大约因山峦形状大多肖物，故迷信风水之风甚盛，有许多故事是附会山水编造的，有几个大人家因祖坟风水不好，硬迁至他处因而兴讼动人命官司。司机讲着甚觉有趣，我倒感觉不到为何人们要如此迷信风水。他指给我看那是龙山，那是蛇山，或其他肖形如笠山斗山等等，我看了毫不觉得相像。风水在中国，迷信时期甚长，《儒林外史》所写，风水已为士大夫阶级所迷信，真不可解。是日下午五时到石龙，船停河中心，有小艇摇来渡客上岸。码头石级近百级，甚似重庆，上去令人疲倦。石龙街市有两三条尚属宽大，铺面如贵县，有数处先日被炸尚未修理。在街头见去柳州之马车，完全是木料做的，古拙耐用，据云运货甚好。又有公共汽车，规模比郁林所见的更加狭小，八人可坐，但坐在里面，恐比沙丁鱼还不如了。听说每票亦要百元方可到柳州。但石龙到柳州约九十华里。

买到前二日《广西日报》，上载九龙已撤退，港督拒绝投降，尚幸德国在俄战事不利。在街上买了几个柚子几个米饼回船消夜，原来船上下午四时即吃夜饭，故须消夜。

次早（二十二日）九时开船，石龙下去水甚浅，只有四五尺深，船头量水人喊四尺八、四尺九，未曾到过五尺。前面电船拖带过重故船行甚慢，幸天时不寒不热，人在船上，相当适意，尤其是性爱山水的人，并不觉得要快。到广西，气候虽在冬季，亦只等于北京之八九月，河内芦苇方作花，乌桕殷红，掩映青山间，令人想到故都前两月光景，心上惘然。

柳江之山，以过石龙后为最奇，有奇特玲珑如北京故宫御花园之假山；有大理石状之颓垣，残缺不全之状如圆明园西洋楼故址；有石柜层层，上列藏书百卷；有奇花异树，罗列山洞前后，如仙人洞府。我一边欣赏，一边任我的想象力跑野马，此乐已多年没有尝过了。过了六七小时，只觉一霎工夫，怪不得说"山中方七日，世上几千年"了。

午后二时泊象县，远望有粉白一楼一所，云是学校，小莹随联君上岸观光，回来都说其余只是乡村房屋。船家及岸上人家均杀鸡买肉，祭祀神祇，甚至有提着全个烧乳猪去的。我问起今日何日,方知是冬至了。在此停了两小时,司机和伙夫水夫都在岸上吃酒买物。又因水过浅,非等拖带之小电船回来拖不能开船,谁知愈等愈不来了。直到五时左右,电船回来拖,此船方开。在夕阳返照中,附近无草木之岩山幻成一片通明玛瑙色,景致奇美。途中有数次见到层层沙滩隔着帆船,令我想起白石老人画境。夜泊于一不知名小村旁。

次早(二十三日)七时半开船,遇雾稍停,后仍由电船拖带。十时许到运江,远望楼房在晨曦中黑白分明,绿树红花掩映其间,有若仙境,等到船泊近了方知原亦平常。在此泊了三小时,因船上货物过重,(沿途船上都在买柴,因其价廉云云)买办另雇了一大木船把船上货运出去以减分量。据说冬季柳江水浅,有时浅到一尺几,今年有四尺尚算运气好,可以行船。午后一时过螺蛳山,此虽为名胜之一,但远弗如昨日山水之妙。下午近六时抵白沙。

次晨天明便开船,因水太浅,司机云不知今日究可到鸡喇否,幸一路水有三四尺,近午见山峦奇削,与江中山水不同,知中午可到鸡喇,由鸡喇可坐轻便大车到柳州云。

船停江中心,另搭小艇上岸,此间小艇及挑担均涨了价(在广西挑担摇船妇女居多),鸡喇站本有轻便车可装人及行李到柳州,每辆官价四元,唯因我们到晚了,官价票已卖完,于是只好买十九元一辆的高价,其实是同一的车。由鸡喇到柳州只有四十里,我们同联君、何氏夫妇共雇了两辆车,人及行李均载车上。车是平常铁路上装货物顺着铁轨推行的车,此刻后面亦有一人手推,等车开了便可停手不推亦走,走得很快。小莹非常高兴,大约是坐慢船以后的一个改变。此处山峰奇峻,均起于平地——鸡喇路上,四面均此奇特之峰峦;沿路有罗汉松甚多,乌柏叶殷红如血,景致奇美。推车人云今年鸡喇、柳州均经数度轰炸,幸山均有山洞,死人不多,柳州房屋烧了不少云云。半小时后到柳州,市内见文鱼山、马鞍山,山形经妆点树木楼阁,反无鸡喇山可看了。下榻光华酒店,店前大街经轰炸后,铺面十去四五,唯各行现均营业如常。

　　到附近文鱼山、马鞍山看了看,无甚可记。经过市场时亦望了望,东西并不多,人甚拥挤,外人亦多,想是逃难来的。午后六时,我同(小)莹走浮桥到柳州北岸,我们想搭夜车去桂林游两日,再回柳州转贵阳北去。

柳州北岸未遭轰炸,铺户人烟均密,街道楼房均像香港,此为柳州商业中心,惜天黑,未能细看。